요셉, 꿈을 꾸다

이 도서의 국립중앙도서관 출판예정도서목록(CIP)은 서지정보유통지원시스템 홈페이지
(http://seoji.nl.go.kr)와 국가자료종합목록 구축시스템(http://kolis-net.nl.go.kr)에서 이용
하실 수 있습니다. (CIP제어번호 : CIP2020007200)

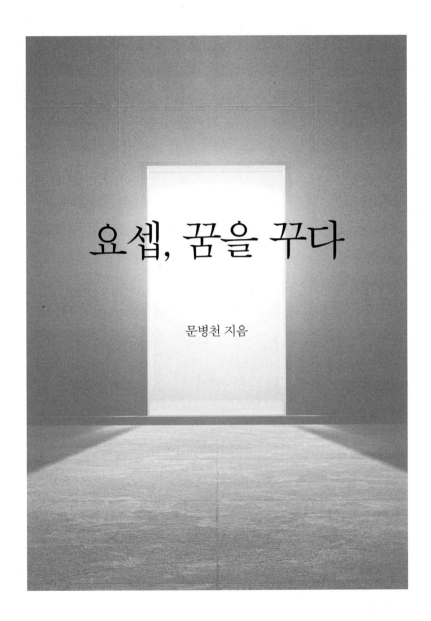

요셉, 꿈을 꾸다

문병천 지음

동연

추 천 의 글

　문병천 목사님은 집안에서 얼마나 골칫거리였을까 하는 생각
이 드는 때가 있었습니다. 머리 회전이 굉장히 빠르지만 삐딱한 길
로만 가려 하고 나중에는 계속 감방만 들락거리니 가족들이 얼마
나 힘이 들었겠습니까? 그러나 문 목사님은 세상의 온갖 질곡 속
에서 못된 일을 겪다가 마침내 하나님을 향하는 마음으로 천지개
벽을 하게 됩니다.

　세상에는 이러한 인생도 있을 수 있다는 것을 보여주려고 했는
지 문 목사님은 드라마 같은 인생길을 걸어오셨습니다. 어찌 보면
세상이 못돼먹어서 전과자인 그에게 새 희망의 발 디딜 틈을 주지
않았기 때문인지도 모르겠습니다. 신학자 라인홀드 니버는 『도덕
적 인간과 비도덕적 사회』라는 유명한 저서에서 아무리 개인이 도
덕적이라고 해도 사회의 비도덕적 구조 속에서는 도덕성을 지켜
가기가 어려움을 갈파했는데, 이의 구체적인 사례가 문 목사님의
삶의 일부분에서 찾아볼 수 있습니다.

　어쨌든 곡절 많았던 문병천 목사님의 인생 스토리가 담긴 이
책이 고난 속에서 절망하는 하나님의 사람들에게 좋은 길라잡이
가 될 것입니다.

　목사님 내외분과 예쁜 외동딸의 앞날에 하나님의 은총이 늘 함
께하시길 빌고 싶습니다. 고난 속의 사람들과 삶을 함께하면서 기

독교의 참 메시지를 보여주는 문 목사님의 사람 사랑 신앙에 깊은
경의를 표합니다.

장영달

(전 국회의원)

추천의 글

제가 처음 문병천 목사를 만나 인사한 곳은 전주 월드컵경기장 라커룸이었습니다. 2002년 월드컵이 열리던 때 대한축구협회 부회장직을 맡고 있었던 장영달 전 국회의원이 연락을 주시어 함께 만나게 되었습니다. 그 전부터 장 전 의원은 제게 당시 신학생이었던 문 목사에 대하여 여러 차례 이야기해 주셨습니다.

처음 만난 문 목사는 다소 고난에 찌든 인상이었습니다. 다메섹 도상에서 예수님을 만난 사울이 변화되어 복음을 전했지만 그를 보는 이마다 "저 사람은 예수를 따르던 우리를 박하던 자가 아니냐?"고 말했던 당시의 분위기를 연상케 했습니다. 그러나 이후 그를 만나오면서 그가 진실한 사람임을 알게 되었습니다. 고린도후서 5장 17절, "그런즉 누구든지 그리스도 안에 있으면 새로운 피조물이라 이전 것은 지나갔으니 보라 새것이 되었도다"라는 말씀대로 그는 새로운 피조물이 되었습니다.

수감생활, 그것도 잡범의 신분으로 수감생활을 하면서 그곳에서의 부정부패를 지적하고 인권 사각지대에서도 인권을 주장하면서 혹독한 고난에 빠질 정도로 강직하고 진솔한 성격이었던 문 목사는 검정고시를 통하여 연세대학교에 입학해서 성실하게 공부하여 학업을 마쳤습니다. 이어서 장로회신학대학 신학대학원에 입학하여 목회자로서 소정의 훈련을 받았습니다. 이러한 삶의 과정은 문병천이라는 한 인간의 됨됨이와 의지력을 알게 해줍니다.

이와 같은 삶의 이력과 인간적 됨됨이를 지닌 문 목사(당시는 전도사)를 돕기 위하여 저를 비롯한 여러분들이 힘을 모아 요셉선교회를 창설하여 미력이나마 돕기 시작한 지가 10년이 되었습니다. 요셉선교회의 창립에는 목포교도소에서 처음 만나 문 목사에게 복음을 전했던 장영달 전 의원의 역할이 컸습니다.

문병천 목사는 2007년도에 요셉선교회에서 파송하는 전도목사로 대한예수교장로회 전주노회에서 안수를 받고 오늘에 이르렀습니다. 문 목사는 교도소 선교를 위하여 하나님께서 선택하신 특별한 사람입니다. 교도소에서 새사람이 되었다고 간증하는 분들 가운데 이전 생활로 돌아가는 분들을 많이 봐왔습니다. 문 목사는 그런 분들과 같지 않습니다. 그는 힘겨운 대학과 대학원 공부를 통하여 인내하고 믿음으로 견딘 끝에 만들어진 하나님이 쓰시는 그릇입니다. 저는 기회 있을 때마다 문병천 목사야말로 교도소 선교를 위한 한국교회의 보배라고 말하고 있습니다. 이만큼 갖추어진 인물은 아마 전무후무할 것입니다.

금 번 책을 출간한다고 하니 너무나 감격스럽고 감사합니다. 이 책이 교도소에서 필독서로 활용된다면 수많은 수인(囚人)이 변화를 받게 될 것입니다. 하나님 구원의 역사가 이 책을 통하여 일어날 것임을 믿습니다.

백남운
(전주 효자동교회 목사, 요셉선교회 회장)

"지나온 과거는 바꿀 수 없지만 미래는 바꿀 수 있다!"

누구나 동의할만한 글귀이지만 그렇게 살기란 쉽지 않습니다. 많은 사람이 바꿀 수 없는 과거에 발목을 잡힌 듯 허우적거리고 미래를 향해 용기 있게 걷지 못합니다. 자신의 노력이 실패하여 좌절하기도 하지만 자신이 의지를 불태운다 해도 때때로 주변 사람들이 편견으로 대하기에 과거의 그늘에서 벗어나기가 쉽지 않습니다. 그러나 과거를 훌훌 털고 용기 있게 벗어날 수 있을 때 과거의 아픔과 어둠은 더 큰 생명력이 되어 자신뿐만 아니라 다른 이들을 희망으로 이끄는 동력이 됩니다.

문병천 목사님은 짧지 않은 기간 동안 수감생활을 하셨습니다. 저는 문 목사님이 새로운 인생을 다짐하고 미래를 향해 의지를 불태우고 있을 무렵 만나게 되었습니다. 한 집에서 함께 생활도 하고 군포지역의 소외된 이웃들을 위한 현장에서 동역했습니다. 그때부터 목사님의 성실한 모습과 다른 이들을 도우려는 열정과 의지를 볼 수 있었습니다. 과거의 아픔과 어둠은 생명력이 되었고 방황하는 청소년들에게 용기와 희망을 불어넣기 시작했습니다. 또 목사님은 오랜 기간 동안 교정기관을 방문하며 수감 되어 있는 분들에게 신실한 친구와 이웃이 되어 돌보고 섬기셨습니다. 그 소중한 헌신과 섬김이 많은 이들에게 용기와 희망을 주는 선물이 되었습니다.

희망을 잃어버린 사람들에게 끊임없이 용기와 희망을 불어넣는 문 목사님의 소중한 여정을 책으로 보게 되어 기쁘고 이 책이 많은 이들에게 공감과 희망을 불어넣기를 기대합니다.

이훈
(온누리교회 부목사)

머리말

내가 주릴 때 너희가 먹을 것을 주었고 목마를 때에 마시게 하였고 나그네 되었을 때에 영접하였고 헐벗었을 때에 옷을 입혔고 병들었을 때, 돌보았고 옥에 갇혔을 때에 와서 보았느니라. 내가 진실로 너희에게 이르노니 너희가 여기 네 형제 중에 지극히 작은 자 하나에게 한 것이 곧 내게 한 것이니라(마태복음 25장 35-36, 40절).

이 말씀에 기초하여 백남운 목사, 장영달 전 국회의원 그리고 여러 목사님의 도움으로 요셉선교회가 창립되어 오늘에 이르렀습니다. 요셉선교회는 하나님을 사모하고 찬양하며 낮은 자로서 역할을 감당하면서 소외된 채 살아가는 재소자들에게 복음을 전하여 그들을 순화시키고, 주님과 하나 된 삶을 살도록 도우며, 출소 후에 올바른 시민으로 살아갈 수 있도록 돕고 있습니다.

목적지에 도달하려면 아직도 먼 길을 걸어야 하지만 교도소에서 저에게 보여주신 하나님의 은혜를 생각할 때, 결코 이 길에서 좌절하거나 포기할 수 없습니다. 캄캄한 밤중에 찾아오신 주님! 그 주님을 찬양합니다. 주님과 동행하는 이 길이 아무리 험악하다 해도 저는 주님을 믿습니다.

전과 6범에 16년이란 긴 세월을 교도소에서 보냈습니다. 저는 교도소에서마저 문제수요 누구도 다루기 힘든 재소자였습니다. 주님은 이런 저에게 재소자를 돕는 일을 맡기셨습니다. 그리고 목사 안수까지 받도록 인도하셨습니다. 이 모두가 주님의 은혜요, 주님의 사랑이요, 주님의 축복입니다. 무에서 유를 창조하시는 주님께서 바로 저를 통해 기적을 일으키셨습니다. 누구도 접촉하기를 꺼려하고 소외와 무시 속에 사는 재소자들 속으로 저를 보내셨습니다.

살다 보면 어느 날 갑자기 이런 생각이 들 때가 있습니다. '지금 내가 뭘 하는 거지?', '왜 이 일을 하지?' 그리고 '지금 있는 이 자리가 나에게 맞는 자리일까?'

삶의 무게에 눌려 정신없이 살다 보니 어린 시절의 꿈은 사라지고 어두운 곳을 무작정 달려왔음을 깨닫습니다. 걸어온 날들을 돌아보면 그저 열심히 살아왔음에도 불구하고 어느 것 하나 이루어 놓은 것이 없음을 볼 때, 성공이라 생각하며 시간과 정성을 다 쏟아 부은 것들이 전혀 본인의 의지와 상관없이 아무것도 아님을 알게 될 때, 우리는 좌절하고 삶에의 회의를 품게 됩니다. 많은 이들이 성공을 노력으로 얻어지는 부산물이라고 말하지만 우리 그리스도인들은 그렇지 않습니다. 성공은 오직 우리 주 하나님 앞에서 하나님의 명령에 순종했느냐에 달려있습니다.

요셉선교회를 설립하고 달려온 지가 벌써 여러 해가 되었습니다. 그렇지만 선교의 열매가 잘 나타나지 않는 것 같습니다. 제 욕심이 너무 큰지도 모르겠습니다. 참다운 교정 선교는 재소자들을 선교의 대상이 아닌 완성된 인격체로 인식할 때 가능합니다. 그리고 상처 입은 그들의 영혼을 치유하려는 노력을 기울여야 합니다. 저는 이것을 등한시하지는 않았는지 반성해 봅니다. 사회 그리고 때로는 가족들조차도 외면하는 범죄자들에 대한 선교는 빛이 나는 일은 아닙니다. 그러나 한 영혼을 생각하면 그만둘 수 없는 일이기에 하나님의 명령에 순종하는 마음으로 이 길을 계속 걸어갑니다.

전과자도 마음을 바꾸면 누구 못지않게 주님으로부터 사랑받는 제자로 거듭날 수 있다고 저는 꿈을 꿉니다. 교도소 담장 밖으로 나오면 누구 하나 반겨줄 사람이 없어 결국 다시 담 안으로 들어가게 되는 현실에서 전과자들도 여느 사회인들과 마찬가지로 떳떳하게 살아갈 수 있으며 주님의 사랑을 흠뻑 받을 수 있다는 것을 보여주고 싶습니다. 요셉이 감옥에서 꿈을 꾸면서 기다리고 인내하여 마침내 아버지 야곱과 형제들을 돌보아 주게 되었듯이 저도 출소자들이 요셉과 같이 다시 일어설 수 있도록 돕고 싶습니다. 교도소를 나와 방황하는 이들에게 범죄자의 길이 아닌 다른 길, 주님과 동행하는 길, 주님을 찬양하면서 주님을 바라보며 살아갈 수 있는 길을 제시해 주고 싶습니다.

올겨울 갑자기 추워졌습니다. 그러나 아무리 추워도 어김없이 봄은 돌아옵니다. 봄을 준비하는 재소자들에게 힘이 되었으면 합니다. 저는 출소자 공동체에 대한 꿈을 꾸고 있습니다. 이 꿈이 언제 이루어질지 하나님만이 아십니다. 하지만 포기하지 않으렵니다. 그 꿈을 향해 계속 달려갈 것입니다.

그동안 많은 사람이 제게 전해준 사랑에 어떻게 보답할 수 있을지 모르겠습니다. 언제나 저를 위해 두 손 모으고 하늘을 바라보며 우리 주님 예수 그리스도께 드린 여러분들의 기도에 진심으로 감사합니다. 하나님은 사랑이십니다. 하나님은 끝없는 사랑으로 우리를 사랑해 주십니다. 그 사랑 속에 살고 싶습니다. 빛 속에 살고 싶습니다.

이 책이 나오기까지 옆에서 도와주고 조언해 준 장영달 전 의원에게 깊은 감사를 표합니다. 그리고 요셉선교회를 창립할 수 있도록 도와주시고 제가 살아갈 수 있도록 도와주신 백남운 목사님에게 감사를 드립니다. 출소 후 많은 조언과 물질적 도움을 주신 이훈 목사님께 단 한 번도 감사 인사를 드리지 못했는데 이 지면을 통해 감사의 말을 전합니다. 다시 이 책을 쓸 수 있도록 도와주시고 격려해주신 김은해 전도사님께 감사드립니다. 전도사님께서는 수정과 첨가를 도와주셨습니다. 그리고 박노길 목사님, 이광익 목사님 그리고 제게 도움을 베풀어 주신 모든 분에게 감사드립니다.

책을 쓴다고 하면서 동분서주하기 시작한 게 엊그제 같은데 거의 일 년이 되었습니다. 그간 여러 가지 힘든 일도 있었고 가슴 벅찬 도움도 받았습니다. 초고를 받아 구성을 새롭게 해주신 도서출판 동연 편집부와 이후 원고의 수정, 교열 그리고 출판에 이르는 과정에 힘써 주신 정복량 목사님, 도서출판 동연 편집장님 그리고 힘을 북돋아주신 권민지 자매님과 출판부에 깊이 감사드립니다. 이 모든 일이 하나님의 은혜로 된 줄 알고 하나님을 찬양하며 모든 영광을 우리 주님이신 예수 그리스도께 돌립니다.

끝으로 책 이름을 "요셉, 꿈을 꾸다"로 지어 주고 박봉에도 한 번도 불평하지 않고 지금까지 참아준 아내와 딸 혜림이에게 이 책을 바칩니다.

서울 응암동에서
저자 문병천

차 례

1장

기도에 응답하시는
하나님

청소부가 다가와 말을 걸다

전과 6범의 목사, 문병천. 세상이 나를 부르는 이름이다.

그렇다. 나는 교도소에서 16년이라는 긴 세월을 보냈다. 출소할 때마다 다시는 죄를 짓지 않고 착실히 살겠다고 다짐했지만, 쳇바퀴를 도는 다람쥐처럼 어느새 다시 교도소로 돌아오곤 했다. 교도소에서 부당한 일을 당하면 참지 못하고 싸우거나 단식 투쟁을 벌여 문제수로 낙인찍히기도 했다. 그런 내가 하나님을 처음 만난 곳이 바로 교도소의 높은 담벼락 안이었다. 난생처음 하나님께 간절히 기도를 드리고 응답을 받은 곳도 그곳이다. 그때가 1987년. 돌이켜보면 참으로 아득하다. 징역형에다 보호감호(흉악범이나 재범이 형기만료 후 7년 혹은 10년간 추가 형을 사는 것으로 2년마다 심사 후 출소가 가능)까지 덤으로 붙어 있던 당시 청송교도소에서 검정고시에 합격한 후 학력고사를 준비하고 있었다.

보호감호까지 붙은 꼴통 재소자의 신분으로 학력고사를 치르기 위해 나는 교도소 철문 밖을 나갈 수 있을지 없을지도 모른 채 무작정 공부를 했다. 그 시절 나에게는 한 달에 한 번꼴로 왕래하던 아버지와의 편지가 생명을 지탱하게 하는 한 줄기 햇살 같았다. 그 햇살 하나로 교도소의 컴컴한 감방 속에서 어두운 시간을 버텨내며 학력고사 준비에만 몰두했다.

그러던 어느 날, 아버지와 주고받던 편지가 뚝 끊겼다. 혹시 시골에 계신 부모님께 무슨 일이라도 생긴 건 아닌가 싶어서 안절부절 못하고 있었다. 교과서도 눈에 들어오지 않았다. 그때 교도소의 복도 청소를 담당하는 재소자 하나가 나에게 다가와 말을 걸었다.

"병천 씨, 요즈음 공부에 통 집중하지 못하고 있는 것 같습니다. 왜 그렇습니까?"

"부모님으로부터 두세 달이나 연락이 없어 걱정되어 그렇습니다."

"병천 씨, 우리가 이곳에서 할 수 있는 것은 기도밖에 없습니다. 우리 함께 금식기도를 해보지 않겠습니까? 사무엘의 어머니 한나가 간절한 마음으로 기도했을 때 하나님이 사무엘을 응답으로 주신 것처럼 우리도 간절한 마음으로 기도해 봅시다. 우리 마음이 반드시 하늘에 닿을 것입니다."

알고 보니 그는 청송교도소 안에서 재소자 기독교회장을 맡은 사람이었다. 재소자들 사이에서는 자기밖에 모르는 이기적인 사람이라는 소문이 돌기도 했는데, 아마도 열렬한 종교 활동 때문에 생긴 뜬소문이었던 것 같았다. 그저 그가 먼저 찾아와 준 것에 감사했다. 나에게 그는 하나님이 보내 준 사자였다. 그동안 학력고사 준비로 성경 읽는 일을 소홀히 했었다. 그러나 부모님과 연락이 되지 않아 마음이 불안해지고 보니 성경을 보지 않은 것이 후회되면서 성경이 읽고 싶어졌다. 그의 말대로 금식기도를 같이 해보기로 마음먹었다. 잠시 공부를 접어둔 채 금식기도를 시작했다. 사실 금식기도는 교도소에서 금지되어 있었다. 교도소 규정상 몸이 아픈 경우를 제외하고는 식사를 하지 않는 것도 징벌의 대상이 될 수 있었다. 다행히 그는 재소자들에게 밥을 넣어 주는 소지(청소를 맡은 재소자) 역할도 함께 맡고 있었기에, 나는 금식으로 인한 징벌을 받지 않고 적당히 넘어갈 수 있었다.

우리는 일주일간 함께 금식기도를 했다. 아침에 만나면 서로를 위해 기도해 주고 성경을 읽었다. "주님! 정말 이번만 제 기도를 들어주십시오. 제가 출소하면 반드시 하나님의 종이 되어 이곳에 있는 재소자들을 위해 복음을 전하겠습니다."

일주일 후 그가 왔다. "병천 씨, 기도 결과가 좋습니다. 금식기도 후에 이렇게 마음이 편한 적이 없습니다. 반드시 무슨 연락이 올 것이라고 믿습니다."

나 역시 마음이 편하고 기분이 상쾌했다. 놀랍게도 그의 말대로 금식기도가 끝난 사흘 뒤에 아버지의 서신을 받았다. 그제야 아버지께서 왜 서신 연락을 못 하셨는지 알 수 있었다. 어머니께서 중풍으로 쓰러져 의식이 없으셨다.

　　어머니는 내가 청송감호소에서 출소하려면 취업보증서와 신원보증서가 필요했기 때문에 고종사촌 형에게 내 이야기를 하고 신원보증서와 취업보증서를 부탁하신 모양이었다. 고종사촌 형은 이를 일언지하 거절했고 그것을 분하게 여기시던 어머니가 갑작스레 뇌출혈로 정신을 잃으신 것이었다.

　　스물일곱 살에 과부가 된 고모를 안쓰럽게 여긴 우리 가족은 사촌 형제들을 많이 도와주었다. 둘째 형은 우리 집 정미소에서 일했고, 누나는 아버지가 고등학교까지 보내 주고 보건소에 근무하도록 주선했다. 큰 형은 아버지가 헌병으로 입대할 수 있도록 도와주었고 제대 후에는 목공소를 차려 주어 이후에 건설업을 할 수 있는 기반을 마련해 주셨다. 그런데, 그 형이 어머니가 신원보증서와 취업보증서 요청을 일언지하 거절했으니 어머니는 얼마나 서운하셨을까.

　　그런데 놀라운 일은 중풍을 앓느라 정신이 없으셨던 어머니께서 재소자 기독교회장과 내가 함께 기도를 시작한 후부터 정신을 차리셨다는 것이다. 우리가 금식기도를 시작한 날과 어머니가 회복되기 시작한 날이 일치했다. 다 하나님의 은혜였다. 이 기적 같은 일이 있고 나서 간절히 기도하면 하나님께서 응답해 주신다는 확신을 얻었다.

　　이후 반드시 기상 후에 하나님께 이 어려운 환경을 극복하고 학력고사를 치르게 해달라고 매달리기 시작했다. 비록 재소자의 신분이지만 학력고사에 응시할 수 있는 기회가 반드시 오리라는 확신이 생기기 시작했다.

"아들아, 하나님을 믿어라"

기적은 한 번만 일어나는 것이 아니었다. 어머니는 차멀미 때문에 버스를 타기 어려우셨기 때문에 한 번도 면회를 오지 못하셨다. 그런데 어느 날 어머니는 전라북도 임실에서 경상북도 청송까지 버스를 타고 오셨다. 그리고 이렇게 말씀하셨다.

내 아들아, 어머니의 간곡한 부탁이다. 하나님을 믿어라.

누나 둘이 교회에 다니다가 둘 다 교회에서 연애하고 말썽을 부렸기 때문에 어머니는 기독교에 대한 반감이 많았다. 그래서 어머님의 입에서 그런 말씀이 나오리라고는 상상할 수 없는 일이었다. 사연인즉, 어머니께서 쓰러지신 후 임실교회의 성도들은 어머니를 자주 방문하여 아드님이 분명 교도소에서 새사람이 되어 나올 것이라고 어머님을 위로했다고 한다. 내가 정신을 차리고 공부에 열중한 것이 이들의 기도가 하나님께 닿았기 때문이 아니었을까. "한나가 마음이 괴로워서 간절히 기도한 후 하나님의 음성을 들었듯"(삼상 1장 9-18) 어머니와 이들의 기도는 나를 지탱하게 만들었다. 면회 후에 나는 사방(재소자들이 거하는 방)으로 돌아와 재

소자 기독교회장과 함께 감사기도를 드렸다. 이때부터 나는 세례
를 받기 위해 정식으로 교리학습을 받았고 마침내 예수 그리스도
를 구주로 영접하여, 당시 청송교도소 내 기독교 담당목사였던 진
정수 목사님에게 세례를 받았다. 그때는 내가 서울대학교 입학시
험을 보러 나가기 위해서 원서를 쓸 무렵이었다.

　나와 함께 금식기도를 했던 기독교회장은 돌이켜 보니 참 별난
사람이었다. 원래 불교 신자였는데, 꿈에 예수님의 환상을 보고 개
종했다고 말했다. 앞에서도 말했듯이 청송감호소에서는 취업보증
서와 신원보증서가 있어야 출소 심사를 받을 수가 있었는데, 그에
게는 아무도 찾아와 주는 이가 없었으므로 서류를 만들 수가 없었
다. 그는 믿음이 그 누구보다도 강했기 때문에 기독교 관련 기관으
로부터 자매결연 요청을 종종 받았는데, 그때마다 다른 사람에게
양보했다. 내가 "그렇게 양보하다가 당신은 언제 출소할 것인가?"
물을 때면 그는 말했다. "나는 하나님을 믿습니다. 내가 나가는 것
은 하나님이 결정해 줍니다. 그래서 나는 걱정하지 않습니다."

　결국 그의 말은 현실이 되었다. 청송 제2 감호소에서 그는 나보
다 먼저 출소를 하게 되었다. 제2 감호소에서 한 교도관 간부가 그
의 믿음이 매우 충실하다는 말을 들었으나 재소자들 사이의 소문
은 좋지 않았다. 그래서, 그 간부는 직접 그를 면담하면서 그의 중
심을 보고 확신이 섰기 때문에, 청송에서 서울로 전근이 될 때 취
업보증서와 신원보증서를 해주었다.

　그렇다! 주님은 이렇게 역사하신다. 나는 출소 후 그를 만나려

고 했지만, 그의 형님과 통화할 수 있었을 뿐이었다. 그는 나와의 만남을 완곡히 거절하며 이렇게 말했다 한다. "우리는 이제 주님의 제자가 되었으니, 우리가 어디에 있든지 각자 맡은 일을 충실하게 하면서 산다면 꼭 만날 필요가 있겠습니까? 주어진 길을 가면서 충실한 주님의 제자가 됩시다."

예수님 따라 물 위를 걷는 베드로처럼

교도소 재소자에서 목사가 되기까지 버티게 한 것은 성경이었다. 하나님 말씀이 있었기에 그리고 그 말씀을 새겨듣고 묵상하였기에 나는 기나긴 교도소 생활을 견딜 수 있었다. 그 말씀 중 나에게 특별한 감동을 주었던 세 개의 성경 구절이 있었다.

첫째는 마태복음 14장 22-33절에 나오는 물 위를 걸으신 예수 이야기이다. 이 이야기는 세 부분으로 나눠진다. 22절에서 27절까지는 예수께서 물 위로 걸어오심, 28절에서 31절까지는 베드로의 용기 시험 그리고 32-33절은 제자들의 신앙고백이다. 여기서 나는 두 번째 부분, 곧 '베드로의 용기와 시험에 대해서 말하고 싶다. 이 부분은 무엇보다도 예수께서 모든 피조물에 대한 절대 주권을 갖고 계신 하나님이심을 증거한다. 머리 둘 곳도 없으신 나그네의 삶을 살며 대적들의 멸시와 핍박을 받고서 마침내 십자가 형틀에 달리셨던 그 예수가 바로 하나님의 아들이요, 하나님이었다는 사실은 믿음의 눈으로써만 이해될 수 있는 역설이다.

예수께서는 시기와 상황에 맞추어 제자들에게 신앙 훈련을 실시하고, 당신의 권능을 그들에게 위임하기도 하셨다. 따라서 풍랑을 넘어 태연하게 걸어오시는 예수님의 모습을 보고 열정적인 성격의 베드로가 예수님을 그대로 따라 하고자 했던 것은 자연스러운 행동이었을 것이다. 본문에서 보여주는 바와 같이 베드로와 제자들은 실패와 시행착오를 거듭한 후에야 비로소 굳건한 신앙인으로 설 수 있다는 것을 알 수 있다.

예수를 보고 '유령'이라고 말한 다른 제자들과는 달리, 베드로는 예수께 과감하게 "만일 주시어든 나를 명하사 물 위로 오라 하소서"라고 말한다. '만일 주시어든'이라는 말은 '과연 주님이시므로'이라는 뜻을 포함하고 있으므로 베드로가 물 위로 걸어오는 사람이 주님인지 아닌지 시험하기 위한 의도에서 나온 말이라고 해석해서는 곤란하다. 예수께서 물 위로 걸어오신다는 사실과 주님의 능력에 의해 자신도 물 위를 걸을 수 있다는 사실을 확실히 믿고 있다는 의미라고 보는 것이 맞을 것이다. 신앙이란 하나님의 명령에 자신의 전인격을 복종시켜 미지의 세계로 나가는 모험과 같다.

많은 재소자가 부정적인 사고에 익숙하다. '머리가 나빠서, 돈이 없어서' 등 무엇을 할 때마다 먼저 안 되는 이유를 입에 달고 시작하기 때문에 되는 일이 없다. 긍정적인 사고로 일하면 전능하신 하나님이 도와주신다는 것을 생각하지 못한다.

나 역시도 다른 재소자와 다르지 않았다. 아니 다른 사람보다도 더 부정적이었다. 교도소에서 처음 공부를 시작했을 때, 대학을 가기 위해서 공부했던 것은 아니었다. 공부하게 된 것은 대전교도소에서 수형생활을 하고 있었을 때부터였다. 징역형 3년 6월에 감호 10년을 언도 받은 나는 정말 조심조심 수형생활을 했다. 교도소에서 골머리 썩는 문제수였던 나는 징역을 살고 2년마다 심사할 때 교도관에게 잘 보여 수형생활을 잘하고 있다는 등급을 받아야 하기 때문이었다. 그래서 문제도 일으키지 않고 방에서는 책을 읽고 다른 재소자들과 잘 어울려 생활을 했다. 그러던 중에 사고를 쳤다. 방에서 사소한 문제로 싸웠는데 상대의 코뼈가 부러졌던 것이었다. 결국 징벌 1개월을 받고 독방에서 나 자신에 관해 곰곰이 생각했다.

그렇다. 나는 교도소 생활에 익숙해져 지금까지 나 자신만을 위해 살아왔다. 이 생활에서 벗어나기 위해서는 나 자신을 잘 알아야 하고, 남을 위해 살아야 한다. 즉, 새로운 가치관을 가지고 살아야 한다. 이를 위해서는 책을 많이 읽고 그 가운데서 나 자신을 찾아야 한다.

징벌 1개월을 마치고 나오는 날, 보안과장에게 면담을 신청했다. 하지만, 면담은 허락되지 않았다. 독방에서 교도소와 싸우기로 작정하고 단식을 시작했다. 단식하면서도 한밤중이 되면 고래고래 소리를 지르고 철문으로 된 문짝을 발로 차면서 '사람이 되겠다고 자숙하겠다는 내 의견을 들어주지 않느냐?'라고 소리를 질러

댔다. 11일간의 단식을 마치고 나서야 독방이 허락되었다. 그들이 내 말을 수용한 것이 아니라, 골칫덩어리를 달래기 위해서 어쩔 수 없이 허락한 것이었다. 독방에 들어가 성경책을 읽으면서 조용히 생활하고 있을 때, 앞방에 있는 긴급조치로 들어온 대학생으로부터 운동시간에 만나자는 연락이 왔다. 처음에는 흘려들었지만 계속되는 연락에 마지못해 서로 운동시간을 맞춰 운동장에 나갔다.

"왜 독방에 오셨습니까?"라고 묻는 그에게 나는 전과 6범이며 다람쥐 쳇바퀴 돌 듯하는 인생을 바꾸고, 지금껏 가지고 있는 가치관을 바꾸기 위해 공부하기로 마음먹었고 그래서 스스로 독방에 들어왔다고 말했다.

"형님의 생각은 좋으나 그것을 이르기 위해서는 어떤 단계적인 계획이 있어야 하는데, 계획이 빠져 있기 때문에 성공하기 어렵습니다."

"그러면 어떻게 해야 하나?"

"교도소에 검정고시반이 있지 않습니까? 고시반에 들어가셔서 학과공부를 하십시오."

"나는 문제수라 검정고시반에 들어갈 수 없소."

"왜 형님은 모든 일을 부정적으로만 생각하십니까? 긍정적으로 생각하고 그 방향으로 적극적으로 나아가십시오. 그러면 그 결과가 나옵니다. 되는 쪽으로 밀어붙이십시오."

그때 그가 나에게 심어준 긍정적 사고가 나를 지금까지 지탱해 주었다. 출소 후, 나는 온누리교회에서 설립한 경기도 군포의 '하나로' 공부방의 아이들이 '나는 머리가 나빠서 수학을 못 해'라고 말하면서 공부를 포기하는 것을 많이 보았다. 하지만 공부를 못하는 것은 적지 않은 경우 머리가 나쁘기 때문이 아니라 부정적인 생각 때문이라는 확신이 들었다. 머리가 나쁘면 머리가 나쁜 만큼 좀 더 노력하면 되는데, 그렇게 하지는 않고 자신의 조건만을 탓하는 것을 많이 봐왔다.

'하나로'의 주부 검정고시반 학생들도 대부분 나이가 든 여성들이었다. 초등학교밖에 나오지 못한 것을 아무에게도 말하지 못하고 냉가슴 앓고 있었던 이들은 '하나로'에 와서야 비로소 공부하면서 자아실현에 도전할 수 있게 되었다. 그러나 막상 공부를 해보니 어려운 과정이 한두 가지가 아니었다. 아무리 선생님의 말씀을 들어도 이해가 되지 않고, 과연 자신이 이 일을 해낼 수 있을까 하는 부정적인 마음이 자꾸 떠올랐었다. 그 어려운 고비를 넘기지 못한 사람은 결국 포기하고 말았지만, 어려운 고비를 넘기고 검정고시에 합격한 사람은 대입 검정고시에 도전하더니 마침내 대학까지 졸업하게 되는 것을 보았다. 어떤 아주머니는 자신감을 갖고 뒤늦게 자신의 재능을 찾아 그림을 그리기 시작했고, 전시회를 열기도 했다. 이 모든 것이 긍정적인 사고를 통해 맺은 열매였다.

공부방의 학생들은 처음엔 자신이 열등한 학생이라고 생각했지만 직접 해보니까 자기가 생각한 것과는 달리 할 수 있다는 자신감을 가지게 되었다. 성적이 우수한 학생이 사회에 진출했을 때 성공을 하는 경우가 많은 것은 그가 수학 문제를 하나 더 풀거나 영어를 잘해서 성공하는 것이 아니라, 바로 자기가 해보니까 되더라는 긍정적인 사고, 바로 자신감 때문이라고 믿는다.

그리스도인 앞에는 항상 모진 세파가 넘실거린다. 캄캄한 밤에 호수 중간에서 역풍을 만난 제자들은 하마터면 죽을 뻔했다. 이는 오늘을 사는 모든 그리스도인도 직면하는 상황이다. 제자들이 배를 저어 가다 역풍을 만난 것은, 인생 항해 중 닥쳐온 열악한 상황이다. 이런 열악한 상황에서 베드로는 주님을 보고 긍정적으로 생각한 나머지 주님을 보고 "당신이 주님이라면 나를 물 위로 오라 하소서"(마 14:28-31)라고 말한다. 다른 제자들은 주님을 보고 '유령이다'라고 말했지만, 베드로는 주님을 보고 긍정적으로 말했다.

우리는 일상생활에서 처음에는 긍정적이고 적극적으로 일을 시작하지만 어려운 일을 만나면 이를 극복하려고 노력하기보다는, 제풀에 지쳐 포기하는 경우가 많다. 그 고비를 넘기면 다른 결과가 있는데도 말이다. 하지만, 분명한 것은 하나님은 결코 당신의 자녀들을 버리지 않고 찾아오신다는 사실이다. 주님은 우리가 가장 열악한 환경에 처하게 될 때, 모든 것을 내려놓고 오직 주님만 바라보게 되는 주님의 때에 우리를 찾으시고 위기에서 구하신다. 그렇다. 바로 주님은 우리의 모든 상황에서 궁극적인 해답이시다.

간절하면 이루어진다

　교도소 생활 중 감동받았던 두 번째 성경 구절은 마가복음 5장 25-34절에 나오는 혈루증을 앓는 여인을 고치신 이야기이다.

> 열두 해를 혈루증으로 앓아 온 한 여자가 있어 많은 의사에게 많은 피로움을 받았고 가진 것도 다 허비하였으되 아무 효험이 없고 도리어 더 중하여졌던 차에 예수의 소문을 듣고 무리 가운데 끼여 뒤로 와서 그의 옷에 손을 대니 이는 내가 그의 옷에만 손을 대어도 구원을 받으리라 생각함일러라. 이에 그이 혈루 근원이 곧 마르매 병이 나은 줄을 몸에 깨달으니라. 예수께서 그 능력이 자기에게서 나간 줄을 곧 스스로 아시고 무리 가운데서 돌이켜 말씀하시되 '누가 내 옷에 손을 대었느냐?' 하시니 제자들이 여짜오되 무리가 에워싸 미는 것을 보시며 '누가 손을 대었느냐' 물으시나이까 하되 예수께서 이 일을 행한 여자를 보려고 둘러보시니 여자가 자기에게 이루어진 일을 알고 두려워하여 떨며 와서 그 앞에 와서 엎드려 모든 사실을 여쭈니 예수께서 이르시되 '딸아 네 믿음이 너를 구원하였으니 평안히 가라 네 병에서 놓여 건강할지어다'

　마가는 여인의 절망적인 상황을 생생하게 묘사하고 있다. 수시로 하혈하는 심각한 병을 치료하기 위해 여인은 12년 동안 유명하다는 의원을 찾아다니며 온갖 종류의 치료를 받으며 갖가지 고통을 당했다. 그리고 치료비로 가산마저 탕진하는 이중삼중의 난관에 빠져 있었다. 여인은 인간으로서 할 수 있는 모든 방법을 다 동원했지만 한계에 직면하여 자포자기 상태에 있던 중 예수에 관한 소문을 듣고 찾아왔다. 아마도 물에 빠져 허덕이다 지푸라기라도 잡아보려는 마음이었을지도 모른다. 나는 여기서 예수님의 신적 권능을 확신한 여인의 신령한 믿음의 눈에 주목한다. 여인이 치유 받기 위해서 예수의 겉옷을 만진 것은 다분히 미신적인 느낌이지만 이는 여인의 큰 믿음을 증명하는 행동이었다. 여인은 혈루병이 부정하게 여겨짐을 알았던 까닭에 감히 예수 앞에 나서지 못했지만, 예수님의 옷에 손이라도 닿는다면 자신의 병이 나으리라고 굳게 믿은 것이다. 즉, 중요한 것은 여인이 예수의 옷을 만진 행동 자체가 아니라 그 행동 이면에 있는 절박함과 굳은 확신이었다. 그리고 더욱 중요한 사실은 예수께서 여인이 몰래 자기 옷에 손대어 치유 받은 사실을 알고 여인을 찾으신 것이다. 예수는 여인을 꾸짖기 위함이 아니라 그녀와의 인격적 만남을 통해 신령한 축복을 나눠 주시고자 했다. 여인의 간절한 소원은 육신의 건강을 회복하는 것이었지만, 예수님은 육신뿐만 아니라 영혼까지 치유해 주고자 하셨다.

전쟁터의 참호 속에서는 무신론자가 없다는 말이 있다. 누군가 벼랑 끝에 서면 극적으로 신앙을 갖게 되거나, 무딘 신앙을 새롭게 회복한다는 뜻이다. 이런 경우는 허다하다. 하지만 그리스도인들은 상황과 여건에 상관없이 늘 주님께 의탁하거나 헌신함으로써, 무력감과 좌절, 고뇌와 번민, 타락과 방종 혹은 이기적이거나 교만

한 삶으로부터 벗어나는 복된 삶을 누려야 한다. 혈루병에 걸린 여인의 이야기는 우리 그리스도인들에게 여러 가지로 귀감이 된다. 여인의 신앙은 첫째로는 겸손이었고, 둘째로는 절대적이었으며 셋째로는 입으로 고백하는 것이었다. 겸손이 없는 신앙, 절대성이 없는 신앙, 고백이 없는 신앙은 우리를 그리스도 예수 앞에 온전히 세울 수 없다고 믿는다.

나는 현재 재소자 사역을 하면서 재소자들에게 직접 예수를 믿으라고 권고하지 않는다. 이는 전도의 중요성을 무시하기 때문이 아니라 재소자들이 일반적으로 가지고 있는 기독교에 대한 배타적인 관념을 알고 있기 때문이다. 재소자들이 기독교를 받아들이지 않는 이유는 그들의 눈에는 예수 그리스도를 믿는 사람들의 행동이 엉망으로 보이기 때문이다. 그들에게는 '하나님을 믿는 놈이 저런 짓을 해?'라는 비판의식이 있다. 그래서 나는 제일 좋은 전도 방법은 행동의 본을 보이는 것이라 생각한다. 예수를 믿으라고 말로 말하는 것보다 행동으로, 삶으로 예수의 행위를 본받고 따른다면 이보다 더 좋은 전도는 없다. 삶이 전도이다.

그래서 나는 재소자들에게 '예수를 믿으십시오'라고 말하기보다 '어떤 일에든 한 가지 일에 미쳐라'라고 말한다. 한 가지 일에 미친 사람은 무언가 간절한 마음이 생기고 이 간절한 마음은 하나님을 영접할 수 있는 최적의 요건이 되기 때문이다. 간절한 마음에서 나오는 간절한 기도에 하나님께서는 분명히 응답해 주셨다.

나를 이기는 힘

세 번째 성경 구절은 잠언 6장 6-11절 '게으름에 대한 경계'이다. 교도소에서 진학을 위한 공부를 하다 보면 주변 환경에 지배당하기 쉽다. 함께 생활하는 다른 재소자들과의 관계 그리고 교도관들과의 관계도 잘 유지해야 하지만, 관계에 너무 매이게 되면 교도소 문화에 휩쓸린다. 그렇게 되면 공부하는 데 정말 무서운 적이 될 수 있다. 그래서 나는 재소자들과 어울리지 않으려고 애를 썼다.

동료 재소자들이나 교도관들도 처음에는 공부하겠다는 나를 많이 도와주었지만, 내가 그들과 다르게 행동한다는 사실이 곧 나를 비난하는 빌미를 주고 말았다. 뜬금없는 공부를 해서 자기네들의 잠을 방해한다거나, 나의 공부로 인하여 자신들이 마음 놓고 놀지 못한다고 입방아를 찧어댔다. 처음에는 신경 쓰였지만 나중에는 나도 무시해버렸다. 그렇지만 그들에게 아무런 피해를 주지 않았다고 할 수는 없다. 그들이 잠든 시간에 책장을 넘기거나 몸을 움직여야 하기 때문이었다. 그들이 나에게 손가락질할 때마다 양해를 구했다. "미안하다", "양해해 주었으면 좋겠다"라는 말을 입에 달고 살았다. 동료

안양교도소에서 명성교회 교정선교부원들과 함께

들의 비난을 받을 때마다 부지런히 공부해야겠다고 마음먹었지
만, 그게 그리 쉬운 일이 아니었다. 유혹이 찾아올 때면 잠언 6장
9절에서 11절까지 읽으면서 마음을 다잡았다.

좀 더 자자, 좀 더 졸자, 손을 모으고 좀 더 눕자 하면 네 빈 궁이 강도 같이
오며 네 곤핍이 군사 같이 오리라(잠언 6:9-11).

나 자신을 고치기 위해서는 공부를 해야 하고, 공부하면 올바
른 가치관을 가질 수 있을 거라 믿었다. 그렇게 노력한 끝에 나는
검정고시 합격, 대학 입학을 할 수 있었고, 신학을 공부해 마침내
목사가 되었다. 하나님의 인도하심으로 가능한 여정이었다. 바른
길로 인도해 주시는 하나님을 영접할 수 있도록 재소자들에게 하
나님의 말씀을 전하는 일은 주님의 명령이며 나의 사명이다. 무에
서 유를 창조하시는 하나님을 찬양한다.

2장

담을 넘으면서
바뀐 인생

지고는 못사는 아이

어려서부터 도전을 즐겼고, 남들에게 지는 것을 끔찍이 싫어했다. 다들 고개를 내저었던 검정고시와 대입 시험을 예상 밖의 성적으로 돌파한 것도, 감옥 안에서 굴하지 않으려 했던 것도 다 이런 성격 탓이었던 듯하다. 주님의 명령을 받고서 나 자신의 마음을 다잡아 목사가 되기까지 노력한 것도 마찬가지다. 끝까지 나아가 이루어내지 못하면 속이 풀리지 않았다. 어린 시절부터 늘 그랬다.

1949년 전라북도 임실의 한 시골 마을에서 9형제 중 둘째 아들로 태어났다. 우리 집은 꽤 부유해서 농사가 시작될 때면 온 동네 사람들이 농사일을 도와주기 위해 집으로 모여들곤 했다. 저녁때면 농사일을 도와준 사람뿐만 아니라 그 가족까지 전부 와서 저녁을 먹었기에 우리 집은 잔칫집마냥 붐볐다. 그래서였을까? 남에게 고개를 숙이는 일이 거의 없었다. 나보다 나이 많은 사람에게도 종종 건방지게 굴었던 것 같다. 어릴 때부터 동네에서 싸움을 잘하기로 유명했다. 나보다 나이가 많든 적든 싸우면 반드시 이겨야만 속이 풀리는 그런 아이였다. 상대의 덩치가 아무리 커도 결코 나는 지지 않았다.

초등학교 5학년 때, 태권도 유단자 아이와 싸우다 그 아이를 그만 때리고 말았다. 그 뒤로 그의 형을 피해 다니다가 결국 붙잡혔다. 그러나 그 형은 나를 나무라지 않고 오히려 타이르면서 싸우지 말고 친구들과 잘 어울려 지내라고 말해주었고 이에 감동하고 말았다. 그렇게 싸움질을 하고 다녀도, 싸우다가 머리가 깨져도, 집에 와서 누구와 싸웠고 누구를 때렸다거나 누구에게 얻어맞았다는 말을 할 수는 없었다. 싸워서 맞았든 때렸든, 싸웠다는 사실 하나만으로 어머니에게 꾸중을 들을 것이기 때문이었다.

나는 도둑놈이 아니다

나의 성격을 말해주는 중학교 시절의 일화가 있다. 몇 달간의 하숙을 제외하고는 중학 시절 삼 년 동안 임실에서 전주로 기차 통학을 했다. 승차권을 사지 않고 전주의 '오목대'라는 곳에서 기차가 좀 천천히 달릴 때, 기차에서 뛰어내리거나 기차에 올라타곤 했다. 한 마디로 얌체 짓이었으나, 그곳이 학교로부터 가까운 덕에 나뿐만 아니라 다른 학생도 더러 그렇게 하곤 했다. 그렇게 달리는 기차에서 뛰어내리곤 했으니 신발이 견뎌날 수가 없었다.

어느 날, 학교에서 신발을 잃어버린 학생이 있었다. 그 학생은 암산을 잘하는 학생이어서, 숫자를 열 줄 열 행으로 칠판에 쓰고 나서 바로 그 합계를 계산해 낼 수 있는 실력이 있었다. 그는 암산 국가 대표이기도 했다. 그렇게 공부 잘하는 모범생의 신발이 없어진 것이다. 그런데 그는 하필 내 신발이 자기 신발이라고 주장했다. 자기 신발은 상당히 닳은 신발인데, 내가 신발을 새로 산 지그리 오래지 않은데도 불구하고 너무 많이 닳았다며 내 신발이 자기가 잃어버린 신발이 맞다 주장했다. 틀림없는 내 신발이었지만 사람들은 내 말보다는 공부 잘하는 모범생의 말을 믿어주었다. 참으로 억울했다. 그렇다고 내가 차비를 안 내기 위해 도둑 기차를 타고 다니느라 신발이 빨리 닳았다고 말할 수도 없는 노릇이었다. 결국 도둑 누명을 쓰고 말았다. 너무 억울한 나머지 연필 칼로 손가락을 베어 '나는 도둑놈이 아니다'라고 혈서를 쓴 후 그것을 담임 선생님 책상 위에 올려놓았다. 그리고 무단결석을 하며 시위했다. 중학교 때부터 그렇게 다혈질적인 면이 있었다. 누구보다도 성질이 급하고 화가 나면 주먹이 먼저 나가곤 했다. 그래서 또래 학생들과도 별로 친하지 못했다.

방황하던 청소년 시절

형은 전주남중학교를 졸업하고 전라북도에서 가장 좋다는 전주고등학교에 입학했기 때문에 장래가 촉망된다는 평을 듣는 편이었다. 고등학교를 졸업하고 외국어대학교 독문학과에 들어갔으나 4·19 혁명 때 학교를 중도 포기하고 군대에 입대했다. 제주도 병무청에서의 군 복무를 마친 후 집 재산을 다 팔아서 중앙서민금고라는 일수놀이를 시작했다. 처음에는 꽤 재미를 보았는데 이후 옷 도매업까지 손을 대는 바람에 조금씩 가계가 기울기 시작하였다. 그래도 우리 집은 시골에서는 여전히 부유한 편이었다.

나도 전주남중학교를 졸업하고 형의 뒤를 잇고자 전주고등학교 입학시험을 봤지만 떨어지고 말았다. 그 뒤 전주 해성고등학교에 들어갔지만 3개월도 채우지 못하고 무단결석으로 퇴학을 당했다. 그때부터 나의 삶은 부정적인 경험들로 채워지기 시작했다. 퇴학을 당한 후 집에 있는 금고를 털어 무조건 서울로 도망쳐 올라와 방랑 생활을 시작했다. 때로는 구두닦이도 했다. 그러다 돈이 떨어져도 고향 집에 돌아가지 않았다. 구두닦이 애들과 놀면서 버스 안으로 들어가서 껌을 팔기도 하고, 대전까지 가서 미제 껌을 사 와서 팔다가 경찰에게 걸린 일도 있었다.

이렇게 일 년쯤 지났을까? 고향에 계신 형님이 형수 되실 분과 갑자기 서울로 줄행랑을 쳤다는 소식이 들렸다. 이유를 알아본즉 시골에서는 그래도 유지였는데 일류고등학교 출신인 형이 겨우 초등학교 나온 백정 집 딸과 결혼한다고 하니 집안의 반대가 이만 저만이 아니었다. 도망간 형이 모든 재정을 관리하고 있었기 때문에 우리 집은 상당한 재정적 타격을 입게 되었다.

서울에 무작정 올라온 형은 남대문에서 정육점 서기로 일을 하다가 고기 도매업을 시작했다. 당시 고향집에서 허송세월 보내고 있었던 나에게 형은 공부하고 싶으면 서울로 올라오라고 했고 1967년 3월 다시 서울 땅을 밟게 되었다. 형의 도움으로 영등포 검정고시학원에 들어가 공부를 시작했다. 하지만 8월에 치른 시험에서 한 과목도 합격하지 못했다. 공부와는 인연이 없다고 생각하고 검정고시를 포기한 나는 하사관(현재의 '부사관') 후보생으로 자원입대하게 되었다.

1967년 9월 4일에 입대하여 포병 병과를 주특기로 받았다. 하사관 후보생으로 입대했지만, 훈련 기간 중 몸이 아프게 되어 병원에 입원했고, 따라서 동기들과 훈련을 받지 못하고 다음 훈련병이 들어올 때까지 하사관학교 위병으로 근무하게 되었다. 그러다 위병소에서 이등병으로 근무하던 중 못살게 군 상급자와 다툰 후 탈영해 버리고 말았다. 그러나 몇 발자국도 가지 못해 붙잡혔다. 탈영에 대한 징벌로 영창에서 15일을 보낸 후 졸지에 하사관 후보생에서 일반병으로 전락했다. 그리고 집에서 가까운 전주 35사단으로 전출되었다. 35사단으로 전입되어 오자마자 김신조를 비롯한 무장간첩들이 우리나라로 내려오는 사건이 벌어졌고, 그 바람에 군산 소재비행장의 외곽 경비를 서는 임무를 수행하는 부대로 파

견되어 3년 정도 근무하게 되었다. 그리고 그곳에서 만기 제대를
하였다.

두 번의 오해

1970년 7월 제대하자 공부하고 싶은 마음이 들어 형에게 말을
꺼냈으나 거절당했다. 도리어 형편이 좋지 않던 형이 자기 일을 도
와달라고 하는 바람에 학교를 포기하고 형의 일을 돕기로 했다. 당
시 형은 노량진에서 정육점 가게를 운영하면서 돼지고기 도매업
도 병행했으나 빚만 진 상태였다. 빚쟁이에게 쫓기다가 성수동에
정육점을 차려 이사했다. 형을 따라 성수동으로 옮겨와 함께 살긴
했지만 저녁 일이 끝나면 가깝게 지내던 친구들을 만나기 위해 노
량진으로 가서 놀고 아침에 다시 성수동으로 돌아오곤 했다.

처음에는 가게도 잘되지 않는 데다 시장 가게와 경쟁이 붙어 더
어려운 상황으로 내몰렸다. 시장에 있는 가게에서 쇠고기를 정가
보다 싸게 팔았기 때문이다. 가격 경쟁이 아닌 물건으로 경쟁하자
해도 그쪽에서는 자기들이 하고 싶은 대로 하겠다고 했다. 결국 두
가게는 서로 대립하고 말았다. 하지만 이것이 형에게 기회를 주었
다. 형은 쇠고기는 어쩔 수 없지만 대신 돼지고기를 아주 싸게 팔았
다. 박리다매! 돼지고기를 매우 싸게 판다는 소문이 나자 종로에
있는 중국집에서 사러 올 정도로 사업은 흥왕하게 되었다.

성수동에 있었을 때 수금하는 일을 하였는데 수금한 돈을 그냥 써 버린 일이 많았다. 그러나 성수동으로 이사 간 후로는 수금하는 일을 스스로 그만두고 형과 형수를 도왔다. 가게 보는 일은 형수가 주로 맡았는데 형수가 힘이 들 때는 내가 나서서 고기를 팔았다. 이전과는 달리 착실하게 생활하려고 노력했다. 돈도 거의 쓰지 않았다. 그렇게 마음잡고 생활하던 중 자존심이 상해 집을 박차고 나오게 된 사건이 벌어졌다.

한 번은 겨울에 노량진에서 자고 아침 일찍 성수동으로 가서 가게의 쪽방으로 들어가 이불 속에 손을 넣고 있었다. 그런데 형수가 갑자기 문을 열고 들어와 나를 보더니 질겁하며 이불 속에서 현금다발을 잽싸게 빼서 가지고 나가는 것이 아닌가. 형수는 이불 속에 숨겨둔 돈을 내가 훔쳐 가려고 했다고 생각한 것이다. 잠깐만 생각해봐도 내가 이불 속에 돈이 있는 걸 알 턱이 없음을 알 수 있을 텐데도 나를 도둑 취급하는 형수를 보며 섭섭한 마음이 들었다.

또 하나의 에피소드. 어느 날, 앞집 약국에서 큰 잔치가 있어 우리 가게에서 고기를 많이 사 갔다. 돈은 나중에 주겠다고 했다. 약국 주인은 약속한 대로 얼마 지나지 않아 돈을 가지고 왔는데, 그것을 내가 받아 형수에게 전해주었다. 그런데 그 돈을 잠결에 받은 형수는 자기가 돈을 이미 받았다는 사실을 잊어버리고 저녁 무렵 약국에 수금하러 간 것이다. 약국에서는 아까 시동생에게 돈을 주었다고 말을 한 모양이었다. 형수는 더는 묻지도 않고 내가 돈을 갖고 있다고만 생각하게 되었다.

다음 날, 나는 평상시처럼 아침 일찍 성수동 가게로 왔다. 그런데 가게에 들어오자마자, 형수는 큰 소리로 역정부터 내는 것이 아닌가? 내가 수금을 해 간 줄 알았으면 자기가 이중으로 받으러 가지 않았을 거라며 나를 추궁했다. 그저 멍하니 서 있었다. 그런데 마침 약국 주인이 건너편에서 형수의 말을 듣고는 우리 가게로 와서 형수에게 "아니야, 그 돈을 시동생이 받아서 형수에게 주는 걸 내가 봤어! 잠결에 받아서 기억하지 못한 거 아니야?"라고 말해주어 내가 수금하여 가지고 간 것이 아니란 것을 증명해주었다. 오해는 풀렸지만 화가 났다. 그 일로 심보가 몹시 뒤틀렸다.

형수의 오해로 분이 난 다음 날은 이태원에 새 가게를 내는 날이었다. 개업식 때문에 형은 매우 바빴다. 그래서 형은 나에게 수금하는 일을 시켰다. 수금한 후 버스를 타고 집으로 돌아오는데 불현듯 형수에게 받은 두 번의 오해가 생각났다. '내가 이 집에서 월급을 받는 것도 아닌데, 이렇게 오해를 받으면서 있을 필요가 있는가?'라는 생각을 하다 보니 성수동을 지나쳐서 다음 정거장인 화양리까지 갔다. 당시 화양리에는 유흥업소가 많았다. 결국 그곳에서 수금한 돈 일부를 홧김에 써 버렸다. 월급도 받지 않고 꽤 착실하게 생활했는데도 그런 의심을 받았기 때문에 그렇게 행동한 것이다. 다음 날 확인해보니 이태원 가게는 내가 없었기 때문에 개업하지 못했다. 형의 마음이 무척 상했을 수밖에 없었다.

처음으로 남의 집 담을 넘다

내가 수금한 돈은 모두 10만 원으로 당시에는 상당히 큰돈이었다(당시 9급 공무원의 한 달 월급이 만 오천 원이었다). 집에 들어가지 않은 채 밖에서 지내면서 한 달도 못 되어 돈을 다 써버리고 말았다. 빈털터리로 집에 들어가기도 뭣해서 빈둥거리던 어느 날 자정까지 거리를 방황하다가 그만 남의 집 담을 넘고 말았다. 그러나 도둑질도 하는 놈이나 하지 아무나 할 수 있는 것이 아니었나 보다. 집 안에는 들어가 보지도 못하고 방범대원에게 붙들려 가까운 파출소에서 조사를 받고 노량진 경찰서로 넘겨졌다.

노량진 경찰서 유치장에 들어가자 나를 알아보는 형사가 있었다. 형이 한때 노량진에서 도매업을 했던 터라 노량진 경찰서 순경이나 형사들을 잘 알고 있었다. 나를 알아본 형사에 의하면 내 범죄가 별것 아니고 피해도 없었기 때문에 형의 신원보증으로 나갈 수 있게 해주려고 했는데 형은 '그놈 혼 좀 나게 그냥 두라'고 하며 나를 도와주기를 거절했다. 그래서 처음으로 노량진 경찰서에 갇히게 되고 일주일 후에 영등포구치소로 이송되어 수감되었다. 처음 들어간 구치소 감방은 정말 소름이 끼치도록 무서웠다. 4.5평짜리 방에 25명이 넘는 재소자들이 있었다. 다들 한 가닥 하는 사람들처럼 보였고 생김새도 우락부락하여 감히 누구에게 말도 붙이지 못하고 뺑기통(변기: 양철통을 방 한쪽 구석에 놓고 그것을 변기로 사용) 옆에 쭈그려 앉은 채 숨도 제대로 쉬지 못했다.

함께 생활했던 재소자 중에는 서울에서 제법 큰 회사의 전무였던 사람도 있었는데, 그는 들어오자마자 다른 사람들과는 다른 대우를 받았다. 담당 교도관도 그를 함부로 대하지 않았다. 너무 불공평한 일이었다. 그러다가 그는 사나흘 지나자 다른 감방으로 전방을 갔다. 신입방(경찰서에서 교도소로 넘어오면 기소 전까지 머무르는 방)에서 일주일 정도는 있는 것이 보통이었지만 그는 다른 사람들보다 일찍 전방을 간 것이다.

4~5평의 감방에 25명 정도가 있었으니 우리는 잠을 잘 때도 칼잠을 자야 했다. 감방 안의 돌아가는 사정을 제대로 알 수 없었기 때문에 고참이 시키는 대로 변기 청소와 설거지를 도맡아 했다. 그러다가 일주일이 지나 다시 기소방으로 옮기게 되었다. 기소방은 재판을 받고 형을 언도 받을 때까지 머무는 곳이므로 상당히 오래 있어야 한다. 재판을 받고 집행유예로 나가거나 징역형을 선고받아 확정될 때까지는 그 방에 머물게 된다. 신입방과 기소방은 매우 달랐다. 신입방은 오래 머무는 곳이 아니기 때문에 체계가 잡혀 있지 않았지만 기소방은 적어도 한 달 이상 있어야 하기 때문에 체계가 잡혀 있었다. 기소방에는 감방장과 배식반장이 있었는데 그들이 기소방의 모든 것을 관장했다. 우리 방의 감방장과 배식반장은 교도소를 들락거리는 누범자들이었다. 그들이 신입 재소자의 이야기를 듣고 받게 될 형기를 추측하면 대부분 그 추측대로 되었다. 그들은 법에 대해서 환하게 알고 있었다. 감방장은 나에게 곧 나가게 될 것이니 말을 잘 들어야 한다고 하면서 궂은일을 시켰

다. 처음에는 그것이 교도소 안의 규율이려니 생각하고 그들의 말을 잘 따랐다.

어쨌든 면회 오는 사람도, 돈도 없었기 때문에 사방에서 잡일을 도맡아 했다. 그리곤 면회 온 사람들이 넣어 준 빵이나 얻어먹는 처지로 전락했다. 당시 아무리 먹어도 배가 고팠다. 교도소 온지 보름 정도 지났을 때, 그들이 시키는 대로 고분고분 일하는 자신에 대해 회의가 들며 화가 났다. 빵 좀 얻어먹자고 그렇게까지 궂은일을 하며 살 필요가 있을까 하는 생각이 들었다. 면회를 오지 않는 같은 처지의 다른 재소자들이 살살 농땡이 치는 건 못 본 체하고 나만 부려먹는 그들이 괘씸했다. 특히 감방장 또 아무도 면회 오지 않는 것은 나와 마찬가지인데 힘든 일에서 제외되고 나만 궂은일을 도맡아 하는 것도 영 마음에 들지 않았다. 그대로 당하고만 있을 수 없어 감방장에게 선전포고를 했다.

"나는 면회를 오는 사람도, 영치금도 없는 사람이다. 그렇다고 나 혼자 궂은일을 다 하는 것은 기분 나쁘다. 이제부터 당신들이 주는 빵 먹지 않고 교도소에서 주는 것만 먹을 터이니 나에게 이런 일을 시키지 마라."

그 말이 끝나자마자 배식반장이란 사람이 나에게 발길질을 하며 "이 새끼, 간덩이가 부었네" 하는 것이 아닌가. 나도 싸움깨나 했기에 그렇게 호락호락 넘어가지 않았다. 곧 싸움이 붙었고 방은 난리가 났다. 담당 교도관이 오고 우리는 교도관이 있는 관구실로 끌려가서 이유 불문하고 야구방망이로 엉덩이를 다섯 대나 맞았다. 그리고 나서야 담당 교도관은 우리에게 왜 싸웠는지 물었다. 들어온 지 15일 정도 되는데 아무도 면회를 오지 않는다고 궂은일은 전부 나에게만 시키기에 참지 못해 싸웠다고 했다. 그리고 이 방에는 더 있고 싶지 않으니 다른 방으로 보내 달라고 말했다. 하지만 교도관은 "다른 방도 마찬가지다. 내가 방에 있는 사람들에게 잘 말해 줄 테니, 다시 그 방으로 들어가라"고 했고 다시 그 방으로 들어갔다.

감방 안의 분위기는 전과는 완전히 달라져 있었다. 감방장은 전과 5범이었는데, 이전처럼 대우했다가는 자기에게도 덤빌 것이라고 생각했는지 바로 나를 배식부로 올려 주었다. 감방 안에서 배식부는 꽤 나은 직책이다. 먹는 영치물이 들어오면 배식부가 배식을 하니 배식부는 뭔가 하나라도 더 챙겨 먹을 수 있는 자리이기 때문이다. 스물네 살의 나이, 아무리 먹어도 배가 고팠다. 재소자들은 배고픔을 채우기 위해 청소부에게 달걀이나 물건을 주고 밥 덩어리를 청소부에게 산다. 이것을 '범치기'라고 한다. 그때 '4등가다'(출역을 기다리며 머무르는 재소자들이 먹는 밥을 뜻한다. 1등가다는 아주 힘든 일을 하는 재소자들이 먹는 밥. 2등가다는 그 다음으로 힘든 일을 하는 재소자들이 먹는 밥. 3등가다는 출역하는 사람들이 먹는 밥)를 두세 개씩 먹어도 배가 고팠다. 경제범 방과는 달리 잡범 방에서는 청소부에게 물건이나 밥 덩어리를 사는 일이 벌어지는데 물론 이런 것은 교도소 측이 모르게 하는 일이다. 아니, 교도소 측은 알아도 모르는 체한다. 사방소지는 그것으로 담당 교도관을 수발(교도관에게 간식을 준비해 주고 담당 교도관에게 인정을 받는 일)했다.

교도소의 재소자들은 흔히 자기 이야기를 할 때 대부분 잘 나갔던 시절의 이야기를 한다. 범죄를 하다 횡재했던 것, 또는 기술적인 범죄로 성공한 것들 말이다. 비참했던 이야기는 대부분 하지 않는다. 초범이었던 나는 그들의 이야기가 전부 사실인 줄 알았다. 그러나 실제로 대부분은 거짓말이었다. 범죄를 하더라도 성공한 것보다 실패한 것이 더 많다는 것을 안 것은 한참이 지난 후였다. 그들의 이야기를 의심 없이 들으며 '모로 가도 서울만 가면 된다'는 생각을 했다. 범죄를 해서 성공할 수도 있겠구나 하는 생각을 한 것이다. 참으로 어리석은 생각이었다.

어느 날, 출소한 지 사흘 만에 다시 들어온 나이 어린 재소자가 있었다. 몸이 약한 그는 온몸에 피부병까지 번져있었다. 너무나 안타까웠다. 마침 운전하다가 사고를 내 수감된 운전수가 피부병 약을 가지고 있었다. 그에게 "그 피부병 약 좀 저 소년하고 같이 바르면 좋겠다"고 말했다. 그랬더니 그 운전수가 하는 말이 "안 된다. 이것은 내 마누라가 나 바르라고 준 것이지 인심을 쓰라고 준 것은 아니다"라고 하는 게 아닌가. 순간 화가 났다. 어린아이가 불쌍하기도 했지만, 그 운전수가 하는 말이 너무나 인정머리 없게 들려 나도 모르게 "이런 나쁜 새끼, 그래 혼자 잘 먹고 잘 살아라!" 하며 그를 발로 차버렸다. 그런데 내 발이 그 사람의 코에 맞아 코뼈가 그대로 부러져버렸다. 순식간에 일어난 일이었다. 하지만 후회한들 소용없었다. 나는 보안과로 끌려가 맞은 후 조서를 쓰고 독방

신세가 되었다. 다행스럽게도 교도관의 선처로 독방생활은 2개월
로 끝이 났다.

이때는 집행유예로 나갈 것이라는 예상과 달리 징역 6개월을 선
고받고 항소 포기를 해서 출역 대기 상태였다. 담당 교도관을 형에
게 보내어 손을 써 놓았다. 기결수가 되면 사방 청소부로 출역하기
로 약속되어 있었는데 모든 것이 물거품이 되고 말았다. 너무 배고
팠던 나는 사방소지가 무척 부러워서 그 일을 맡고 싶었는데 그러지
못했다. 재판이 80일 만에 끝나고 20일이 지난 후이니 이제 3개월
만 교도소에 더 있으면 되는데 그런 일이 벌어졌다. 징벌 2개월을
받고 열흘 있다가 영등포교도소로 이송되어 그곳에서 나머지 50일
의 징벌을 살고 한 달 만에 출소하여 다시 사회로 나오게 되었다.

그러나 첫 교도소 생활을 잘못 보낸 나는 성실하게 생활하기보
다는 어떻게 한탕 할 수 없을까 하는 생각을 가졌다. 내 경험에 의
하면 교도소에는 적어도 3개월 이상 살면 안 된다. 왜냐면 대부분
3개월까지는 자신의 행동을 깊이 뉘우치고 반성하는 나날을 보내
지만 그 이상이 되면 교도소라는 곳이 별로 무서울 것이 없는 곳이
되어버리기 때문이다. 교도소의 흐름에 따라 행동하다가 익숙하게
되면 그곳도 역시 사람이 사는 곳, 별로 이상할 게 없는 곳, 적응할
수 있는 곳으로 변하기 때문이다. 교도소에 처음 들어왔을 때 반성
하기보다는 '모로 가도 서울만 가면 된다'는 생각을 하고 결국 다시
는 이런 곳에 들어오지 않겠다는 생각보다는 '잘만 하면 나도 될 수
있겠다'는 헛된 생각을 가지게 되었다.

교도소에 두 번째 들어가다

다시는 교도소에 들어오지 않겠다고 생각한 적이 없었던 것은
아니었다. 영등포교도소에서 한 달간 있으면서 "나는 이제는 절대
교도소에 들어오지 않겠다"라고 말한 적이 있다. 그때, 한 재소자
가 "야, 임마, 누구는 교도소에 들어오고 싶어서 들어오냐? 처음에
는 아무것도 모르고 들어오고, 두 번째는 알면서 들어오고, 세 번
째는 어쩔 수 없이 들어오는 거야. 너는 이제 교도소에 한 번 들어
왔으니 교도소 철문이 네게 활짝 열려 있다"라고 말하는 것이었다.
그의 말에 나는 절대로 그렇게 되지 않을 것이라고 다짐했다.

사실 위의 말은 재소자들의 일반적인 성향을 잘 대변해 준다.
첫 번째는 무지로 인해, 두 번째는 인내의 부족으로 인해, 세 번째
는 신념의 부족으로 인해 교도소 신세를 진다. 처음 교도소에 들어
온 재소자는 대부분 아무것도 모르고 교도소에 들어온다. 올바른
사고를 할 수 있는 능력이 결여된 경우도 많다. 설사 올바른 생각
을 했다 하더라도 그 생각이 실천으로 이어지지 않는다. 대부분 재
소자는 가방끈이 짧다. 그래서 바른 생각을 했다 하더라도 그것을
실행에 옮길 수 있는 구체적인 계획을 세우지 못하는 경향이 많다.

대전에서 있었던 일이다. 대전교도소에는 방직공장이 있었다.
그 방직공장에는 약 200명이 있는데 학력을 조사해 보니 대졸이
1명, 고졸이 3명, 중졸이 10명 남짓 그리고 나머지는 다 국졸 이하
였다고 한다. 재소자들의 일면을 보여주는 조사결과이다. 재소자

중에는 많이 배우지 못한 사람들이 많은데 그러한 사람들의 특성
중 하나는 자기 경험 안에서만 생각한다는 것이다. 이를 증명하기
라도 하듯 교도소에서 일어나는 재소자 간 싸움의 원인 중 하나는
늘 우김질이다. 둘이 다투는 걸 보면 각자 자기가 경험한 것만 옳
다고 말한다. 간혹 담당 교도관에게 물어 옳고 그름을 판단하기도
하지만 대부분은 자기 고집을 꺾지 않는다. 이러한 상황을 고려한
다면 교도소 안에 검정고시반이 있어 배움의 기회를 제공하는 것
은 재소자들의 재활을 위해 정말 중요하다. 공부는 그들의 가치관
을 바꿀 수 있는 아주 중요한 수단이 될 것이다.

　두 번째로, 알면서 들어온다는 말은 이전처럼 범죄행위를 하면
교도소에 들어간다는 것을 뻔히 알면서도 주변 상황에 휩쓸리고
고비를 넘기지 못하면서 다시 범죄를 저지르는 경향을 말한다. 대
부분 재소자는 인내가 부족하다. 바른 생각을 했음에도 불구하고
배움이 부족하여 구체적인 실행을 할 수 없는 것도 문제지만 어려
운 고비를 넘기지 못하고 결국 다시 범죄를 저지르게 되는 것도
큰 문제이다. 바로 인내하지 못한 결과이다.

　세 번째, 어쩔 수 없이 들어온다는 말은 재소자들에게 굳은 신
념이 부족하다는 것이다. 사회보다 교도소가 더 좋아 교도소에 다
시 들어가기 위해 범죄를 저질렀다는 범죄자에 대한 신문기사를
본 적이 있는데 그들에게 내일에 대한 확신만 있다면 결코 다시
범죄를 저지르지 않을 것이다. 새로운 내일에 대한 확신이 없기에
여러 차례 교도소를 들락거리고 그러다 보면 교도소 생활을 자신

의 숙명이라고 여긴다. 그리고 운명 탓을 한다.

어쨌든 무지와 인내 부족, 신념 부족이 재소자들의 일반적인 성격이라고 생각하는데 이 세 가지 성향은 나 자신의 것이기도 했다. 첫 출소 후 쉴 사이 없이 교도소를 들락거렸다. 전과 6범. 1972년 2월 7일에 처음으로 교도소에 들어가 1990년 2월에 마지막으로 출소한 나는 18년 동안 16년 6개월을 교도소에서 보냈다. 그 기간 동안 사회생활은 1년 6개월밖에 하지 못했다. 재소자들이 출소해서 다시 교도소에 들어가는 것은 사회생활에 적응하지 못하기 때문인지도 모른다. 출소 후 곧바로 재범하여 다시 교도소에 들어가게 되는 경우는 사회에 적응하지 못한 것이 제일 큰 요인일 것이다. 1972년 8월에 출소했을 때, 이제 정말 마음잡고 살아야겠다고 생각했다. 그렇지만 형이나 형수의 태도는 변한 게 없었다. 여전히 내 말을 믿어주지 않았다. 지금 생각해 보면 형이나 형수가 그렇게 믿지 못한 것은 어쩌면 당연한 일이었는데도 그땐 믿어주지 않는다고 참 많은 불평과 원망을 했다.

결국 출소한 지 한 달도 못 되어 다시 절도 미수죄로(어느 집에 들어가자마자 잡힘) 교도소에 들어갔다. 이번에도 영등포구치소를 거쳐 영등포교도소에 수감되었다. 그때 영등포교도소 보안과장은 매우 엄한 사람이었다. 그때만 해도 교도소 안에서 담배가 밀매되던 때였기 때문에 보안과장의 책임이 컸다. 보안과장이 엄할 때는 담배가 자취를 감추었고 보안과장이 좀 느슨하면 담배도 흔했다. 전자의 경우에는 규율이 엄한 반면 재소자들은 제대로 대우를 받왔다. 그러나 담배가 많이 밀매되면 재소자들이 대우도 제대로 받지 못하고 교도소에서 주는 부식 또 엉망이 되곤 했다. 그리고 범치기(교도소의 규율을 어기는 것)가 성행했다. 다행히 그때 영등포 교도소에서는 담배가 자취를 감추고 규율은 엄했다. 교도소에서 주는 주·부식도 상당히 좋았다. 이곳의 보안과장은 한 사람도 미지정(출역을 하지 않고 남아있는 사람들이 있는 감방)에 남아 있지 않도록 하고 모든 재소자는 다 출역하라고 하면서 미지정에 있는 사람들을 한 사람씩 불러 어디에 출역하고 싶은지를 묻고 가능한 한 원하는 곳에 출역하도록 허락해 주었다.

나 역시 보안과장에게 불려 가서 면담하고 뚝섬 연화공장(벽돌 만드는 공장)으로 출역이 결정되었다. 그렇게 해서 영등포에서 뚝섬으로 왔다. 뚝섬교도소(뚝섬은 영등포교도소의 지소였기 때문에 영등포교도소가 관리를 한다)가 영등포 본소보다 생활하기 좋을 것 같아서 그곳으로 지원을 했는데, 실상은 많이 달랐다. 그곳은 이미 인천 폭력배 출신 재소자들이 점령하고 있었기 때문에 이들 이외의 재소자들은 매우 힘든 생활을 하고 있었다. 그곳은 본소와는 달리 담배가 판을 치고 있었다. 담배가 흔할 때는 반드시 교도소의 규율이 무너져있다. 담당 교도관이 자신이 할 일을 재소자들에게 맡기기 때문이다. 결국 재소자들은 인천 폭력배들에게 꼼짝도 못하고 그들이 하라는 대로 해야만 했다. 법이 아니라 주먹이 먼저였다. 무법천지였다.

3평 정도 되는 감방에는 감방장이 있고 배식반장 그리고 6, 7

명 정도의 재소자가 있었는데 모두가 감방장과 배식반장에게 무조건 복종해야 하고 그들에게 따돌림을 당하면 연화공장에 가서 죽도록 몰매를 맞는다. 면회자들이 주고 간 먹을 음식이 들어와도 본인이 마음대로 나누어주는 것이 아니라 배식반장이 나서서 나누어주는데, 일반 재소자들의 경우 빵 한 개로 둘이 나누어 먹고 음식물을 가지고 온 사람은 빵 한 개 배당되는 것이 고작이었다. 그리고 나머지는 감방장이 다 처리했다. 하루 이틀 지나다 보니 '이것은 아니다'라는 생각이 들었다. 감방장에게 반기를 들고 "나는 교도소에서 주는 것만 먹겠다. 그러니 더는 나에게 이래라저래라하지 말라"고 했다. 그러나 그들에게 그것이 통할 리가 없었다. 바로 다음 날 연화공장으로 끌려가 폭력배들에게 몰매를 맞았다. 그때 나는 아마도 갈비뼈가 금이 간 것으로 추정될 정도로 맞았다. 맞고 나서는 호흡이 곤란할 정도였다. 교도관은 내가 아픈 것은 신경 쓰지도 않고 꾀병을 부린다고 오히려 나를 나무랐다.

결국 한 달도 못 되어서 나는 다시 영등포교도소로 이송되어 왔다. 그 교도소로 아파서 왔는데 신분장(재소자 생활기록부)에는 작업 거부로 되어 있었다. 물론 아무도 내가 맞았다는 것을 믿어주지 않았다. 보안과장을 만나서 억울함을 하소연했지만 허사였다. 이런 사실을 형에게 밀서를 써서 보냈지만 돌아오는 편지에는 "너는 내 동생이 아니다"라고 적혀있을 뿐이었다. 외톨이가 된 기분이었다. 이제 출소하게 되더라도 나를 받아줄 사람이 없었다. 가족에게 따돌림을 당한다는 것이 무엇인지 그때 절실하게 깨달았다. 마침내 죽어도 뚝섬에서 죽겠다고 하면서 다시 뚝섬으로 보내 달라고 했더니 보안과장은 흔쾌히 허락을 해주었다. 뚝섬교도소에 다시 가니 담당 교도관은 왜 또다시 왔느냐고 하면서 제발 조용하게만 있어 달라고 했다. 그리고 출역부서도 매우 편한 자리를 배당해주었다. 그래서 이전과는 달리 편안한 생활을 했다. 그럭저럭 만기가 되고 출소하고 집으로 가지 못하고 아버지의 손에 이끌려 시골로 왔다. 하지만 시골 생활은 잘 맞지 않았다. 시골에서 있을 수 없어 다시 서울로 왔고 다시 범죄를 저지르다가 체포되었다.

세 번째 감옥, 외톨이가 되다

세 번째의 수감 역시 절도 미수의 죄목을 달고서였다. 나는 징역 1년을 받고 서울구치소에 수감되었다. 남의 집에 들어가서 도둑질을 한다는 것은 그리 쉬운 일이 아니었다. 그렇게 잘하지도 못하는 일을 하니 붙잡히는 것은 당연했다. 서울구치소에 수감된 나는 운이 좋게도 지도(모범 재소자로서 담당 교도관을 보좌하는 사람)가 되었다. 지도는 담당 교도관과 같이 저녁 9시까지 야간근무를 서기도 한다. 명적과 지도였다. 명적과 지도는 명적과 담당 교도관이 신입으로 들어오는 범죄자의 사진을 찍을 때 이를 도와주는 역할을 맡아 수행한다. 참으로 편했다. 담당 교도관이 피우다 만 담배꽁초는 범치기 수단으로 유용하게 사용되었다. 그것으로 담당 교도관 수발도 했다.

어느 날 사방에서 야간근무를 했다. 지도의 야간근무는 밤 9시까지이다. 근무 중 담당 교도관이 나에게 다가와 말을 걸었다. 유명한 회사 사장이 들어왔는데 그분에게 비둘기(피해자가 가족에게 교도소 몰래 보내는 서신)를 받아오는 조건으로 현금 만 원을 받기로 했다며 내가 그 일을 대신할 경우 받는 돈의 절반을 주겠다고 했다. 당시 9급 공무원 한 달 월급이 일만오천 원이었으니 만 원은 결코 적은 돈이 아니었다. 그 사장이 있는 사방에 접근하여 그로부터 비둘기를 받아 그 교도관에게 주었다. 그리고 그 일이 성사된 후에 돈 오천 원도 받았다. 물론 교도관에게서 받은 오천 원을 다시 그 교도관에게 주고 대신 백조 담배 스무 갑을 받았다.

담배 장사는 이전부터 계속해 오던 것인데 교도관이 피다 남긴 꽁초를 모아 사방소지에게 주면 달걀이나 먹을 것으로 바꿀 수 있었다. 그것으로 담당 교도관 간식 수발을 했다. 교도소에서 좋은 직책을 받으려면 교도관 수발을 잘해야 한다. 담당 교도관과 재소자의 거래는 이렇게 성사되는 것이다. 물론 지금은 거의 다 없어졌지만 그때는 교정 행정이 이 정도로 문란했었다. 담배 교환은 교도관이 함부로 하는 일이 아니다. 교도관이 믿을 수 있는 재소자를 찾아야만 거래할 수 있는 것이다. 전에 바지 주머니에 담배꽁초를 넣고 다니다가 걸린 적이 있는데, 그때 비네꼬지(본래 '비녀꽂이'로, 두 손에 수갑을 채워 손을 뒤로 하고 양발을 묶어 수갑을 포승으로 묶고 그사이에 막대기를 꽂아 돌려 포승줄이 당겨져 고통을 가하는 일종의 고문)를 당하면서도 담당을 불지 않은 사실이 교도관에게 알려져 좋은 인상을 준 것 같았다.

담배 한 갑은 현금 5천 원에 팔린다. 교도소에서 현금을 몰래 가지고 있으면 유익한 일이 많다. 그때 교도소의 담배는 아마도 사회의 마약보다 더 비쌌을 것이다. 담배 한 개를 사려면 물건으로 계란 한 판 정도는 주어야 하는 셈이었으니 굉장한 폭리였다. 지도는 담당 교도관에게 호주머니 검사도 받지 않고 계오(재소자가 감방을 나와 움직일 때 교도관이 항상 옆에 붙어서 감시하는 일)도 없으니 교도관에게 들킬 염려도 없다. 아마도 이런 이유로 그 담당이 지도였던 나를 선택한 것 같다.

출소할 때 현금으로 14만 원 정도 가지고 나왔는데 그 돈은 나에게는 큰돈이었다. 출소한 후 그 돈을 갖고 집으로 가지 않고 유흥가를 돌아다니며 썼다.

돈은 정직하게 버는 것도 중요하지만 어떻게 사용하느냐가 더 중요하다. 올바른 가치관을 가져야 올바른 곳에 쓸 수 있는 것이다. 그렇지 않으면 "돈을 사랑함이 일만 악의 뿌리"(딤전 6:10)가 된다. 그 돈을 올바르지 못한 용도로 썼다. 나쁘게 번 돈이니만큼 쉽게 사라져 버렸다. 나에게 문제가 되는 것은 바로 이것이었다. 내가 가진 가치관의 문제였다. 어떤 가치관을 가졌느냐가 바로 인생을 좌우한다는 사실을 뒤늦게야 알았다.

문제수로 낙인찍히다

교도소에서 가지고 온 돈이 떨어지자 집에 갈 생각도 하지 않고 바로 범죄를 생각했다. 내가 잘못했다고 형님에게 용서를 빌면 형님이 또다시 속아주면서 아무 말 없이 나를 받아 주리라는 것을 알고 있었지만, 내 자존심이 형에게 용서를 비는 것을 허락하지 않았다. 그래서 집에 들어가지 않았다. 그렇다고 도둑질을 잘하는 것도 아니었다. 집에 들어가 걸려 있는 옷의 호주머니에서 돈을 훔치는 수준 이상의 기술은 없었다. 그러니 어떻게 되었겠는가. 어느 아파트 베란다를 타고 7층에 있는 집에 들어갔으나 아무런 짓도 못 하고 현장에서 붙잡혀 다시 교도소에 들어가게 되었다. 절도미수지만 누범인 까닭에 징역 3년의 형을 받았다.

지금까지 6개월, 10개월, 1년이란 단기형만 살았는데, 3년이란 장기형을 받고서나니 정말 아찔해졌다. 이 긴 시간을 어떻게 보내야 할까 걱정이 태산 같았지만 어떤 뾰족한 수도 떠오르지 않았다. 그런데 뜻하지 않게 피해자가 면회를 왔다. 그리고 영치금 2만 원을 넣어 주겠다고 했다. 정말 고마웠다. 그런 고마운 분에게 염치도 좋게 2만 원 대신 구치소 앞 서점에서 일본어책 3권만 사다 달라고 했다. 피해자는 영치금 2만 원도 넣어 주고 일본어책도 사서 넣어 주었다. 아마도 이때부터 교도소에서 무언가를 배우려고 한 것 같다. 3년 동안 일본어나 열심히 배워야겠다고 생각한 것이다.

그 후 서울구치소에서 순천교도소로 이송되어 왔다. 서울에서

만 수감생활을 한 나에게 순천교도소는 서울에 있는 교도소와는 매우 다른 느낌으로 다가왔다. 부식도, 교도관이 재소자들을 대하는 태도도 달랐다. 서울에 있는 구치소나 교도소들은 재소자들에게 그렇게까지 함부로 대하지 않았다. 그러나 순천교도소의 담당 교도관들은 재소자들을 자기들 멋대로 마구 대했다. 내 인생은 순천교도소에서 완전히 다른 방향으로 흘렀다. 그곳에서 문제수가 된 것이다. 그 당시에는 문제수로 낙인이 찍히면 그 꼬리표가 항상 따라 다녀서 힘든 수감생활을 해야만 했다.

이송되어 온 첫날부터 사건이 벌어졌다. 4.5평짜리 방에서 25명이 함께 생활해야 했는데 수감자들 대부분이 2년 6개월 이상의 징역형을 받은 사람들이었다. 어떻게 생활할 것인지에 관해 이야기를 나누었다. 오랜 기간 동안 이곳에서 함께 살아야 하니 조심스럽게 생활하고 어려운 일이 있으면 서로 돕자고 했다.

그런데 순천교도소는 서울과 달리 교도소에서 주는 식사 음식과 부식이 매우 부실했다. 서울구치소보다 그 질과 양이 떨어졌다. 서울구치소나 교도소는 그래도 부식은 신선했다. 그러나 순천교도소에서 제공되는 부식은 오래된 것들이었고 채소도 신선하지 않았다. 그날 저녁 반찬으로 멸치젓이 들어온 탓에 재소자들은 물을 많이 마셨다. 오후 다섯 시 점호가 끝날 때쯤 주전자에는 물이 남아 있지 않았다. 한 방에 배급하는 물은 큰 주전자로 한 주전자밖에 없는데, 그 물로 식기도 닦고 먹기도 해야 하므로 매우 부족했다. 모두 갈증을 느끼고 있었는데 마침 야간근무 지도가 사방 앞을 지나가기에 방에 있던 한 재소자가 그 지도에게 물을 좀 달라고 했다. 그 지도는 버럭 소리를 지르면서 "이 새끼들, 내가 네놈들 물이나 떠 주는 사람이야?" 하면서 그냥 가버렸다. 참으로 민망하기 짝이 없었다. '자기도 재소자이면서 이렇게 할 수는 없지 않은가?'라는 생각을 했지만 우리 방에 있는 재소자들은 참아야 했다. 지도의 행동은 처음부터 군기를 잡기 위한 것인 듯도 했다.

조금 있다가 야간근무 교도관이 왔기에 교도관에게 물 좀 달라고 부탁을 했더니 교도관은 지도에게 "야 지도야, 이 방에 물 좀 떠다 줘" 하고 지시를 했다. 지시를 받은 지도는 "그 새끼들 날마다 물 달라고 하니까 그냥 두십시오"라고 하였다. 오늘 처음 왔는데 날마다라니…. 교도관은 "너는 재소자 아니냐? 너도 이들과 똑같은 신분이면서 그렇게 말하지 마. 당장 물 떠다 줘" 하니, 그 지도는 마지못해 우리 방에서 탐방기(일반 목욕탕에서 사용하는 대야)를 가지고 가서 물을 떠 왔다. 나도 목이 말랐던 터라 그제야 일어나서 물을 마시려고 보니 조그마한 탐방기에 담긴 물은 용기의 4분의 1도 되지 않는 양이었다. 지도가 오기를 부린 것이다. 담당 교도관이 말하니 어쩔 수 없이 떠 온 것이 그 정도였다. 참견을 시작했다. "지도, 이건 너무하는 것 아닙니까? 이 물로 어떻게 25명이 나누어 마실 수가 있습니까?" 했더니, 지도는 "이 새끼, 주면 주는 거나 마셔" 하는 것이 아닌가? 참을 수 없어 한마디 더 했다. "야, 지도. 누구는 지도 안 해 봤나. 똑같은 도둑놈인데 너무 그렇게 교만하게 굴지 마라" 한바탕 말다툼이 있었다. 그것이 전부였다. 그리고 우리는 목마른 채로 잠을 잤다.

　다음 날 아침식사가 막 시작되려고 하는데, 본래는 교도관만이 소지할 수 있는 사방 열쇠를 지도 부반장이 가지고 와 문을 열면서 "어제 지도와 싸운 놈 나와"라고 말하는 것이 아닌가. 그래서 일어나서 밖으로 나왔다. 지도는 "따라와" 하면서 나를 관구실(교도관들이 집무하는 사방 안의 사무실)로 데리고 갔다. 그때 관구실에 있던 담당 교도관은 살며시 자리를 비켜 주었다. 지도에게 모든 것을 맡기고 자기는 자리를 피했다. 이것은 완전히 규정과는 동떨어진 처사였다. 관구실 안에는 이미 지도가 5명이나 있었다. 지도 한 명이 나에게 와서 "무릎 꿇어"라고 말하기에 꿇지 않았다. 그랬더니 "너 임마, 어제 저녁에 지도에게 대들었지?" 하는 것이 아닌가. 사실을 이야기하려고 하는데, 말할 틈도 없었다. 옆에 있던 또 다른 지도가 갑자기 나의 팔을 잡았다. 팔을 빼려고 머리를 숙였는데 그와 동시에 또 다른 지도가 구둣발로 콧잔등을 찼다. 픽 하는 소리와 함께 내 코에서 피가 쏟아져 나왔다. 아픈 줄도 몰랐다. 그냥 멍할 뿐이었다. 나중에 알았지만 내 코뼈가 부러져버렸다. 아프기보다는 정신이 멍했다. 코에서 피가 펑펑 쏟아졌다. 제대로 변명도 하지 못한 채 당하고 말았다. 관구실 안이 떠들썩 하자 그때에야 자리를 비웠던 담당 교도관이 들어왔다. 그리고 의무실로 업혀 갔다. 의무실에 와서야 코뼈가 나가고 상처가 심각하다는 것을 알았다.

　그런 사고가 났는데도 교도소 보안과에서는 아무런 조사도 하지 않았다. 병동에 누워 있다가 더는 참고 있을 수가 없었다. 병동

담당 교도관에게 보안과장과 면담을 하게 해달라고 했지만 그는
들은 척도 하지 않았다. 이미 그들 사이에는 어떤 묵계가 있었다.
나의 말을 들어주려고 하는 사람이 아무도 없었다. 나중에 알고 보
니 나를 구둣발로 찬 그 지도는 순천에서도 유명한 폭력배 두목이
었다. 보안과장도 함부로 대하지 못하는 그런 사람이었다. 그는 살
인해서 10년 징역형을 받았는데 형기를 거의 다 마치고 모범수로
곧 가출소(형기 중간에 모범수가 되어 감형되어 출소하는 것)할 예정
이라고 했다. 그런데 그 사고가 일어난 것이다. 쉬쉬하면서 내 사
고를 무마하려고 했나 보다. 그러나 "이것은 아니다"라고 생각하여
기회만 있으면 보안과장이나 소장을 만나려고 했다.

　그렇지만 쉽지 않았다. 보안과장은 보통 하루에 한 번은 순시
를 돌았는데 그 사건이 있던 후에는 단 한 번도 병사에 순시를 오
지 않았다. 그러던 중 다른 지도가 와서 나에게 화해를 하라며 조
용히 끝내라고 했지만 거절했다. 화해하려면 본인이 직접 와서 하
는 것이 당연하지 않겠는가? 그런데 당사자는 코빼기도 보이지 않
고 무슨 놈의 화해라는 말인가? 또 한편으로는 다른 부서에서 일
하고 있는 조직폭력배를 시켜서 나를 협박하기도 했다. 나와서 출
역만 하면 '저 새끼 그냥 안 두겠다'고 하는 재소자도 있었다. 이번
에 그 지도가 출소하기로 되어 있었는데 나와 싸운 것 때문에 거절
되었기 때문이다. 억울했다. 잘못한 것은 없는데 이런 일을 당한
채 남은 2년 6개월을 지내야 한다고 생각하니 앞이 깜깜했다. 억
장이 무너졌지만 나로는 뾰쪽한 방법이 없었다.

그런데 며칠 뒤, 그가 직접 와서 자기가 잘못했다며 나에게 용서를 빌려고 했지만 그와 말하기도 싫고 대면하기도 싫어서 만나주지 않았다. 보안과장이 순시하면 그때 말할 작정이었다. 그런데 묘하게도 하루 한 번 순시를 돌던 보안과장은 코빼기도 보이지 않았다. 그래서 막무가내로 있기보다 출역하여 기회를 보기로 하고 일단 그의 화해를 받아들이고 출역하기로 했다. 징역도 많이 남았고 그곳에서 무사히 지내려면 화해해야 한다고 생각한 것이다.

화해를 통해 서로 없던 일로 해 주었지만 그것으로 끝이 난 건 아니었다. 그 사람의 후배들이 호시탐탐 나를 주시하고 겁을 주었다. 그 후, 불안한 가운데 양재(옷 만드는 곳) 공장으로 출역을 했다. 가해자 본인은 그렇지 않았지만, 가끔 그 사람의 후배가 나에게 시비를 걸어왔다. 처음에는 그냥 못들은 체했다. 그러나 가만히 생각해 보면 화를 낼 쪽은 나인데 자꾸만 시비를 걸어오는 상황이니 황당하고 분이 났다. 물론 그 지도가 시켜서 한 일은 아니었다. 똘마니들의 과잉 충성이랄까? 결국 소장 순시 때 직접 노상 면담을 청했다. 사실 재소자가 소장을 면담하는 것은 교도소에서 정말 어려운 일이었다. 아니 거의 불가능에 가까웠다. 게다가 노상에서 면담하는 것은 지휘체계를 무시했다 하여 나중에 혹독한 시련을 받는다. 하지만 나로서는 방법이 없었다.

그제야 부랴부랴 보안과장이 나를 부르고 난리법석을 떤다. 보안과장에게 억울함을 호소했으나 피해자인 나는 그의 안중에 없었다. 그는 오히려 가해자를 두둔하였고 그것을 참을 수 없었다.

일이 잘되는 것이 아니라 오히려 꼬여가기 시작했다. 보안과장은 내게 화해를 했지 않느냐고 말하면서 한번 화해했으면 그것으로 끝난 것이지 왜 물고 늘어지느냐고 했다. 그는 나의 억울함을 달래기는커녕 내가 돈을 뜯어먹으려 한다며 도리어 생트집을 잡았다. 그는 내게 화해하는 조건으로 돈을 2만 원이나 받았지 않느냐고 다그쳤다. 그러나 정말이지 돈을 받은 적이 없었다. 그쪽에서 돈을 주겠다고 제안한 적도 없었다. 그런데 어느 사이에 영치금 카드에는 돈 2만 원이 들어와 있었다. 상대 쪽에서 나도 모르는 사이 내 카드에 돈을 넣은 것이었다. 영치금 카드에 돈이 들어왔는지 정말 몰랐다. 영치금으로 들어오면 보통 돈이 들어왔다는 통보를 받는데 통보를 받은 기억도 없었다. 화해를 할 때 아무것도 받지 않고 화해를 했기 때문이다. 보안과장은 그것을 이유로 나를 몰아붙이는 것이 아닌가?

더욱이 이를 기회로 가해자 부하들은 나를 잡아먹으려고 이쪽 저쪽에서 공격해 왔다. 한번 걸리기만 하면 죽여 버리겠다고 하는가 하면 순천에 있는 동안 가만 안 두겠다고 공공연하게 말을 하고 다녔다. 순천교도소에서는 대부분 순천과 여수에 적을 두고 있는 조직폭력배들이 공장의 반장을 하고 있었기 때문에 어디를 가든 그 지도의 그늘에서 벗어나기란 힘든 일이었다. 그래서 그곳에서 생활하기가 이만저만 힘든 것이 아니었다. 피해자인 내가 오히려 변명해야 할 지경까지 온 것이다.

그러던 중 법무부에서 정기 감사가 내려왔다. 참을 수 없어서

감사관을 노상 면담했다. 감사 나온 사람에게 내 이야기의 자초지
종을 말하고 타 교도소로 이송 보내 줄 것을 건의했다. 하지만 그
감사관은 잘 해결해 주겠다고 해놓고 나에게 아무 말도 없이 그냥
떠나 버렸다. 입장이 더욱 곤란해졌다. 감사관을 면담했다 하여 독
방에 수감되었다. 처음에 독방에서 지내기가 매우 힘들었으나 나
중에는 오히려 혼자 있는 것이 더 좋았다. 남의 간섭을 받지 않으니
까 말이다. 독방에 있은 지 약 한 달이 되었을 때 보안과의 어느 주
임 교도관이 나에게 와서 내가 억울한 일을 당하고 있다는 것을 잘
알고 있으니 조금만 참으라고 했다. 자기가 이 문제를 원만하게 해
결해 줄 수 있다는 것이었다. 다른 것은 필요 없고 이 교도소에서는
그 지도의 부하들이 많아 내가 신경을 안 쓸 수가 없으니 다른 교도
소로 이송을 보내 달라고 했다. 그랬더니 주임은 이송은 자기가 마
음대로 할 수 있는 것이 아니지만 그것이 유일한 해결책이라면 고
려해 보겠다고 하면서 당분간 여호와의 증인들이 있는 방으로 가
서 그들과 한번 생활해 보면 어떻겠냐고 제안을 했다.

그 제안에 응했다. 여호와의 증인은 국기에 대한 경례가 자기
들의 신앙과 맞지 않다고 하여 독방에 들어와 있었다. 그들은 군대
에 가지 않는다는 이유로 징역형을 받은 사람들이었다. 그들은 폭
력에 대해 비폭력으로 맞섰다. 다른 재소자들이 때리면 그들은 그
냥 맞았다. 절대 반항하지 않았다. 그들을 이해하기가 매우 어려웠
다. 하지만 교도소에 수감이 되면서까지 자신들의 신앙을 지켜 행
동으로 옮기는 그들의 정신만은 높이 사고 싶었다. 그들과 한두 달

동안 같이 있다가 미지정방으로 다시 돌아왔다.

어떻게든 나의 억울함을 풀기 위해 안간힘을 썼으나 모든 것이 허사였다. 면회도 편지도 없었던 교도소에서 대우해 주는 대로 받고 있을 수밖에 없었다. 법무부 장관에게 탄원서를 올리는 것밖에는 길이 없다고 생각한 남몰래 종이와 필기구를 구입해 밀서를 작성해서 출소하는 사람 편에 보냈다.

하나님은 항상 내 편은 아니었다. 내가 바라던 쪽으로 문제가 해결이 되는 것이 아니라, 오히려 정반대 방향으로 문제가 흘러가고 있었다. 무슨 일이든 좋은 방향으로 흘러가는 것이 아니라 오히려 문제가 꼬이는 쪽으로 흘러갔다. 밀서를 보내놓고 가슴을 졸이며 기다렸으나 결국 그 밀서는 햇빛을 보기도 전에 보안과에 신고가 되고 말았다. 밀서를 가지고 나간 출소자가 나가면서 그 밀서를 교도소 당국에 주고 나갔다. 호출을 받고 보안과로 들어간 나는 다시 지하실로 끌려갔다. 지하실에는 주임이 먼저 와 있었다. 나를 어떻게 할 것인지 이미 정해진 듯했다. 밀서 내용이야 교도소 내 모든 사람이 알고 있는 사실이니 더는 추궁할 수 없는 상황이었고 이제 그들은 종이와 볼펜을 어디서 구입했는지를 문제 삼고 있었다. 당시엔 집필 허가가 있어야 글을 쓸 수 있었다. 지금은 재소자들이 마음대로 볼펜을 소지하거나 글을 써도 되지만 당시에는 볼펜이나 필기도구 자체를 소지할 수 없었다.

출소한 사람 이름을 대고 그가 출소할 때 나에게 주고 간 것이라고 했지만 그들은 믿어주지 않았다. 처음에는 조용하게 그리고

무게 있게 추궁하더니 내가 계속해서 필기도구를 준 사람은 출소
자라고 말하자 주임은 화를 버럭 내면서 "이 새끼가 아직 교도소
맛을 보지 않았네" 하며 험악하게 굴기 시작했다. 취조 교도관은
거짓말하지 말고 종이와 볼펜을 준 사람을 대라고 했다. 처음에는
몽둥이로 때리더니 내가 말하지 않자 그들은 나를 고문하기 시작
했다. 사실 종이와 볼펜은 같이 이송되어 온 사람에게 얻었다. 그
러나 내가 아쉬울 때 부탁해 놓고 내가 곤란하다고 그의 이름을
댈 수는 없었다. 결국 고문을 당하기 시작했다. 교도소에서는 문제
가 있는 재소자가 자기들이 원하는 대답을 하지 않을 때 고문을
한다. 나의 고문에는 자기들에게 굴복하라는 의미가 있었다.

　한 삼십 분 동안 비녀꽂이를 당했다. 10분 정도 그렇게 당하고
나자 거의 실신 상태가 되었다. 하지만 비녀꽂이를 했을 때보다 그
밧줄을 풀고 수갑을 풀 때가 더 고통스러웠다. 팔뚝이 묶여있었기
때문에 피가 통하지 않다가 포승줄을 푸니 갑자기 피가 통하게 되
어 온몸이 전기가 통하듯이 떨렸다. 참으로 억울했다. 내가 면회가
있거나 서신 연락이 되었다면 그들이 내게 이렇게까지 하진 않았
을 것이다. 그러나 나는 면회가 없는 사람이었기 때문에 그들은 나
를 아무렇게나 대해도 문제가 되지 않을 것이라고 내다보고 나를
함부로 대했었다. 하지만 나도 그들의 횡포에 굴복하고 싶은 마음
이 없었다. 반드시 내 생각을 상부에 전해 내 억울함을 해결하겠다
는 생각을 굳혔다. 사람이 박해를 받으면 그 박해에 굴복하는 수도
있지만 오히려 더한 반항심을 부추길 수 있다는 것을 그들은 몰랐

다. 결국 재소자들에게 업혀서 사방으로 돌아왔다. 첫 밀서 사건은
그것으로 끝났다.

피할 수 없다면 정면승부를

밀서 사건 이후로 앞으로 어떻게 될지 암담했지만 결코 포기하
지 않았다. 두 번이고 세 번이고 기회가 될 때마다 밀서를 보냈다.
한 6번 정도 보냈던 것 같다. 그중 세 번은 그 사실을 들켰으나 처
음 발각되었을 때만큼 고통을 받지는 않았다. 두 번째 밀서는 어느
출소자에 의해 보안과에 전달이 되었노라고 지도반장이 내게 일
러주었다. 그때 지도반장과 약간 친하게 지내고 있었기 때문에 나
에게 그 사실을 알려주었다. 그러나 아무 일도 일어나지 않았다.
보안과에서는 나를 불러 추궁해 보아야 헛수고라고 생각한 것 같
았다. 나머지 세 번의 탄원서는 어떻게 되었는지 나도 모른다. 여
하튼 이런 일 때문에 미지정방에 있었던 범죄 피해자가 사준 일본
어책으로 틈틈이 공부하기 시작했다. 거기서 할 일은 그것뿐이었
다. 일본어책 세 권을 다 공부하고 나니 일본어로 된 다이제스트를
읽을 정도의 실력이 되었다. 그야말로 모든 것을 잊고 일본어 공부
만 했다.

언젠가 교도소의 소장과 보안과장이 바뀌었는데 신임 보안과
장이 처음 순시할 때, 그에게 노상 면담을 신청했다. 과장급 이상

의 교도관과 면담을 원할 경우 반드시 면담 청원서를 내고 허락을 받아 면담할 수 있는데 그럴 만한 형편이 아니어서 노상 면담을 청할 수밖에 없었다. 신임 보안과장은 전임 보안과장과는 달랐다. 화통했다. 무조건 나를 추궁하기보다는 나를 이해해 주려고 노력했다. 나의 이야기를 다 듣더니 자신 역시 타향에 와서 고생이 많다며 도울 수 있는 일이 있다면 도와줄 테니 애로사항을 말해보라고 했다. 그리고 그는 이렇게 덧붙였다.

"보안과장인 나도 여기 와서 지방 텃세를 톡톡히 보고 있지만, 면회 오는 사람도 없고 누구 하나 도와줄 사람이 없는 너야말로 고생이 심할 것 같네."

그렇게 생각해주는 보안과장이 고마웠다. 나의 형편을 긍정적으로 말해주는 건 그가 처음이었다. 그에게 다른 교도소로 이송해 달라고 했다. 보안과장은 그것은 자신의 권한 밖이므로 자기가 할 수 있는 다른 일을 부탁하라고 했다. 출역을 보내는 건 자기가 할 수 있다고 했다. 그래서 취사반으로 보내 달라고 했다. 취사반에는 나를 가해한 지도가 반장으로 있기 때문이었다. 어차피 당할 거라면 그의 밑에서 당하는 것이 좋으리라고 생각했다. 그의 밑에 있으면 그의 본심도 알 수 있고, 밑에 있는 나를 그리 쉽게 협박하지는 못할 것이라고 판단했기 때문이다. 그러나 나의 요청대로 이루어지지 않았다. 결국 미결수 중앙소지로 발령이 났다. 미결수 중앙소지는 예전에는 없었는데 나 때문에 생긴 것이었다. 당시 미결수 중에는 여수 금괴 밀수 혐의로 들어온 여수의 어느 폭력조직 두목도 있었다.

여수에는 중앙파와 시민파라는 두 개의 폭력조직이 있었는데, 그 두 파가 싸움이 붙었다. 한쪽 파의 조직원이 죽었고, 그를 죽인 쪽의 조직원들이 먼저 수감되었다. 그 후 다른 사건으로 인하여 죽은 쪽의 조직원들이 들어왔다. 두 파의 조직원들은 서로 으르렁거리다가 마침내 식당에서 싸움이 붙었다. 교도관들이라고 해도 그 싸움을 중지시킬 수 없었다. 한창 싸움이 진행되던 중 한쪽 조직의 부두목이 와서 "그만" 하니까 그렇게 심했던 난투극이 돌연 멈추었다. 영화에서나 볼 수 있는 장면이었다.

형의 죽음과 독방살이

순천교도소의 중앙소지로 있을 때, 형이 교통사고로 소천했다. 아버지가 면회 와서 형의 사고와 죽음 소식을 내게 말해 주었을 때 아무런 감정도 느끼지 못했다. 그런데 사방으로 돌아와 사방 뒤 잔디밭에 벌러덩 누웠을 때, 나도 모르게 눈물이 줄줄 흘러내렸다. 교도소에 네 번 들어 올 동안 면회 한 번 오지도, 안부 편지 한 장도 보내지 않은 사람인데 무엇이 그리 슬펐을까? 지금 생각해 보면, 형은 나에게 무관심했지만 나에게 형은 기둥 같은 존재였다. 기둥 같은 존재가 없어졌으니 슬픈 건 당연지사. 그때 나는 이제 누구를 의지하기보다는 스스로 일어서야 한다고 생각했다. 그리고 얼마

지나지 않아 출소했다. 교도소 문을 나서는 순간 '너는 3년 동안 그 안에서 무엇을 했느냐?' 하는 자문이 일어났는데, 아무것도 한 게 없이 지난 3년을 허송세월을 보내고 말았다는 후회가 밀려왔다.

물론 네 번째 출소할 때도 다시는 교도소에 들어오지 않으리라고 다짐했다. 그렇게 다짐하면서도 무엇을 해야 할지 계획한 것은 없었다. 무조건 이제는 범죄 하지 않고 성실한 생활을 해야 한다고만 생각했다.

사람들은 흔히 이렇게 말한다. '노가다를 뛸 망정 도둑질은 하지 마라.' 그러나 나는 노가다를 어떻게 해야 하는지, 그 방법 자체를 모르고 있었다. 출소 후 여수로 가서 일거리를 찾아보기도 했고 멸치잡이 배도 타보았다. 그러나 견디어 내지 못했다. 교도소에서 출소한 지 얼마 되지 않아 다시 교도소에 들어가게 되었다.

이번이 다섯 번째였다. 이번에도 서울에서 재판을 받았고 다시 절도 미수의 죄목이었다. 전과가 많은 나는 특정범죄가중처벌법으로 징역 3년의 형을 언도받았다. 그리고 목포로 이송했다. 목포로 이송 갈 때, 김삿갓이라는 유명한 소매치기이자 폭력전과자와 함께 갔다. 그는 어떤 교도관도 함부로 건들지 못하는 유명한 문제 재소자였다. 그는 힘이 장사였다. 불행하게도 그런 그와 내가 같은 방을 쓰게 되었다. 그는 안하무인이었다. 자기의 유명세와 힘만 믿고 방 안에서 자기 마음대로 했다. 면회를 통해 영치물이 들어오면 자기는 몸집이 크므로 잘 먹어야 한다면서 영치물을 독차지했다. 방 안에서 운동을 하며 다른 재소자들에게 위협을 가하기도 했다.

참을 수 없어 소장이 순시할 때 면담을 청해 그런 상황에 대해 이야기하고 잘 처리해 줄 것을 건의했다.

우리는 교도소장을 평할 때, 음식이 좋으면 좋은 소장, 음식이 좋지 않으면 나쁜 소장이라고 하곤 했다. 그런데 목포교도소의 부식은 서울구치소에 비해 형편이 없었다. 오래된 음식이 많았고 상한 것도 있었다. 그래서 소장에게 부식을 개선해 줄 것도 함께 건의했다. 서울에 비해 부식이 좋지 못하다고 했다. 내가 김삿갓 문제만 건의했다면 괜찮았을지도 모르는데 부식까지 언급한 바람에 소장의 기분이 상한 듯했다. 김삿갓은 그대로 방에 있고 나만 독방에 들어갔다. 며칠이 지나도 아무런 소식이 없다. 오히려 내가 나쁜 놈이 되고 김삿갓은 아무 일 없다는 듯 좋은 곳에 출역하며 생활하고 있었다.

목포교도소는 참으로 이상한 곳이었다. 내가 면회도 편지도 없는 사람이기 때문에 나의 의견은 무시되었다. 한 달이 되어도 아무런 소식이 없기에 보안과장을 면담했다. 나도 출역을 해야 할 것 같았기 때문이다. 그 당시 보안과장은 매우 권위적인 사람이었다. 자기가 출근할 때 직원들이 보안과 앞에 일렬로 서서 자기를 맞아 주지 않으면 고래고래 소리를 지르면서 "보안과장을 무엇으로 보느냐?"고 할 정도로 권위를 내세우는 사람이었다. 이런 권위적인 사람일수록 부정과 비리가 많은 법이다. 이 보안과장은 소장으로 승진한 후에 그곳에서 비리에 연루되어 그만두었다고 나중에 전해 들었다.

그를 면담하면서 다른 사람은 다 출역을 했는데 왜 나만 출역이 안 되는지와 김삿갓 문제는 어떻게 되었는지 물었다. 보안과장은 방 안의 의견을 청취해 본 결과 나의 의견이 사실이 아닌 것으로 판명이 났으며 부식 또한 잘못된 것이 없다고 했다. 이에 내가, 그렇다면 그 부식을 먹고 머리가 아프고 토한 것에 대해서는 어떻게 생각하는지 물었더니 그는 그것조차도 사실이 아니라고 했다. 내가 "나에 대한 조사를 해야 하지 않느냐. 그런데 한 달이 지나도록 조사 한 번 받지 못했다"라고 하자 그는 조사할 필요성을 느끼지 못해서 안 했다고 했다. 참으로 보통 억지가 아니었다. 곧이어 다른 수형자들은 다 출역을 했는데 왜 나만 출역을 하지 않은지를 묻자 그는 내가 문제를 일으키지 않겠다고 각서를 써야 출역시켜 주겠다고 했다. 아무 잘못 없이 각서를 쓸 수는 없다고 하니, 보안과장은 그러면 출역시켜 주지 않겠다고 했다. 아무 잘못도 없는 사람을 독방에 넣고 출역시켜 주지 않겠다고 하면 나도 내가 할 수 있는 일을 하겠다고 하면서 보안과장을 째려보았다. 내가 "당신 마음대로 되지 않을 것이다"라고 말하자, 보안과장은 바로 교도관에게 "이 새끼, 꽁꽁 묶어서 독방에 집어넣어"라고 말하는 것이 아닌가? 묶여서 사방으로 돌아오니 이미 방 안에는 내 밥이 들어와 있었다. 그 밥을 담당 교도관이 보는 앞에서 변기에 넣어버리고는 그에게 "지금부터 단식할 것입니다. 보안과에 보고해 주십시오"라고 말하며 단식을 시작했다.

3장

교도소에서 권리를
주장하는 법

장영달이라는 사람

교도소에서 시국사범이 아닌 일반 재소자가 단식을 하는 경우
는 무척 드물었다. 바로 옆방에는 긴급조치로 들어온 시국사범 장
영달이라는 사람이 있었다. 그는 화장실 뒤로 나와서 나를 부르더
니 "왜 단식을 하느냐"고 물었다. 사실을 이야기하니 그는 "몸조심
하십시오"라고 나를 위로해 주었다. 장영달과 만남은 이렇게 이루
어졌다.

단식 이틀째에 접어든 날 관구 주임이 와서 겁을 주고 갔다. 밥
을 먹지 않으면 호스로 강제 급식을 하겠단다. 사흘, 나흘째도 마
찬가지였다. 닷새째가 되니 마침내 보안과장이 나를 불렀다. 보안
과장에게 아무 잘못도 없는 사람을 독방에 넣고 겁을 주는 것이
이곳 목포교도소에서 하는 일인지 물었다. 나중에 안 사실이지만
순천교도소에서 작성된 나에 대한 신분장이 그대로 이곳 목포교

도소로 넘어온 고로 목포교도소에서는 나를 처음부터 경계하고 있었다. 교도소 측에서 보면 나는 문제 재소자였다. 우리 말로 하면 '꼴통'이었다. 그래서 보안과장이 나에게 문제를 일으키지 않겠다고 각서를 쓰지 않으면 출역시키지 않겠다고 한 것이다.

그날 보안과장은 내 몸을 묶고 있던 포승줄을 풀어 주었다. 하지만 단식은 계속되었다. 7일째에 접어들자 보안과장은 한 발짝 물러섰다. 나를 출역시켜 주겠다고 하면서 단식을 중단하라고 요구했다. 나에게 어디에 출역하고 싶은지도 물었다. 나는 가만히 생각해 보았다. 이곳에서 출역해 보았자 나에게 별 이익이 돌아올 것 같지 않았다. 그래서 나는 독방에 있겠다, 그러나 한 가지만 나에게 허락을 해 주었으면 좋겠다, 교무과에 가서 내가 보고 싶은 책을 골라 볼 수 있도록 해 달라고 했다. 마침내 나의 요청이 허락되었고 그렇게 나의 독방생활은 시작되었다.

흔히 단식하면 몸을 상하는 것으로 생각을 한다. 그러나 그렇지 않다. 단식은 그렇게 몸을 상하게 하기보다는 오히려 몸의 상태를 좋게 만들어 준다. 그러나 내가 단식을 한 것은 내 몸을 보호하는 성격이 컸다. 만약 단식하지 않고 교도소에 항의라도 하면 견딜 수 없는 교도소의 처벌이 따르기 때문이다. 면회가 오고 서신 연락이 되는 사람들에게 교도소는 매우 느슨하지만 그렇지 않은 사람에게는 가혹하리만큼 처우가 혹독하다. 단식은 그래도 3일 정도까지는 견딜 만하다. 하지만 3일이 넘으면 온몸의 힘이 빠지고 기력이 없어지는데 정신은 오히려 더 맑아졌다.

교도소 안의 단식

단식을 시작하면서 거창하게 인도 간디의 비폭력을 끌어다 붙일 생각은 없었다. 내겐 그저 교도소 당국에 항의의 표시로 선택할 수 있는 게 단식이었을 뿐이다. 서신 연락도 면회도 오지 않기 때문에 무엇보다도 내 몸의 보호가 우선이었다. 무의탁자 재소자가 교도소에 항의할 때는 각오를 단단히 해야만 한다. 교도소는 재소자가 하는 말을 그것의 옳고 그름에 따라 판단하기보다는 먼저 재소자의 기를 죽이는 일부터 한다. 일부 정직한 교도관들이 있기는 하지만 그들은 너무나 힘이 약하다. 그래서 그들조차도 자기 의견을 함부로 말하지 않는다. 무엇보다도 3년이란 긴 시간 동안 내 몸을 보호해야 했다. 그래서 선택한 것이 단식이다. 아무리 정당하다고 해도 순천교도소에서와 같이 고문을 당할 수는 없기 때문이다. 또 단식은 복식(復食)만 잘하면 건강에 도움이 되기 때문이다.

보안과장으로부터 이유도 없이 벌을 받은 나에게 있어서 항의수단이 바로 단식이었다. 처음엔 내 몸을 보호하기 위하여 쓴 방법이었으나 그것은 차츰 내 손으로 교도소의 잘못을 시정하기 위한 방법으로 바뀌었다. 이럴 때 누군가 나를 도와줄 사람이 있었으면 좋겠다는 생각을 하기도 했다. 그러나 내 주위에는 그런 사람이 없었다. 참으로 안타까운 일이었다. 맨몸으로 교도소를 상대하는 것은 나에게 무리라는 것을 알았지만 그래도 그 방법밖에는 없었다. 정의감 같은 건 없었다. 그저 내가 교도소에서 탈 없이 지내고 싶

었을 뿐이었다. 그러나 교
도관 중에는 영웅 심리에
잡혀 있는 인간들이 많았
다. 다시 말해 문제수들을
잘 다루는 교도관들 말이
다. 또 그런 교도관들을 교
도소는 좋아한다. 그런데
문제수를 잘 다룬다고 해서
법을 잘 지키는 인간일까?
당시 내 눈에 그들은 편법
을 이용하여 문제수들을 다

서울구치소에서 교도관, 동료와 함께 (맨 왼쪽이
저자)

뤘다. 재소자들은 법을 어겨 교도소에 들어왔다. 그러므로 법으로
다루어져야 한다. 문제수가 교도관의 편법으로 다루어지니 문제
가 더욱 악화됐다.

　일례를 들어보면, 언제가 안양교도소 접견장 난동 사건이 있었
다. 난동 사건을 벌인 사람들은 내가 서울구치소에서 독방에 있었
을 때 같이 있었던 사람들이었는데 그들은 서울구치소에서 범치
기, 곧 담배 장사를 하던 사람들이었다. 그들은 담배 장사를 하여
일주일에 수십만 원을 벌어 그 돈을 접견실을 통해 내보내기도 하
면서 편안하게 생활했다. 서울구치소에서 이것을 감당하지 못하
자 이들은 안양교도소로 이송되었다. 원래 담배 장사란 담당 교도
관을 끼고 하지 않으면 절대 불가능한 것이기 때문에 관련 재소자

들을 처벌하면 교도관이나 교도소 당국도 피해 입게 되므로 재소
자들의 이송이라는 카드가 사용된 것이다. 안양교도소에 이송되
어 온 이들이 전처럼 담배 장사를 하지 못하게 되자 다시 서울구치
소로 보내달라고 난동을 부린 게 접견장 난동 사건이었다. 편법으
로 재소자들을 다루면 반드시 그 부작용이 나타나게 마련이고 결
국 그 영향은 고스란히 재소자들의 처우 악화로 이어진다. 재소자
들은 법을 어겨서 교도소에 들어왔으니 법으로 다루어져야 하건
만 교도소 관리들은 자신들이 법을 어기면서 '나쁜 놈들을 다루려
면 법만으로 안 된다'고 자기합리화를 한다. 내가 가장 싫어했던
것이 바로 이것이었다. 법을 어기고 이곳으로 들어온 사람들 위에
군림하며 자기들은 법을 어겨도 된다고 하는 것 말이다.

　내가 목포교도소에서 보안과장에게 대들었다고 해서 그는 나
를 포승줄로 묶고 구타했다. 내가 받은 부당한 처벌에 대하여 언제
나 항의할 수 있어야 하지 않은가? 항의했다고, 자기 권위에 도전
했다고 법에도 없는 구박을 할 수 있는 권한은 보안과장이라도 갖
고 있지 않다. 수사도 하지 않고 멋대로 결론을 내려 내가 잘못한
것이라고 단정 지은 과오에 대한 책임은 누가 져야 하는가? 굴복하
고 싶지 않았다. 그것이 바로 내가 단식을 하는 이유였다. 교도관에
게 이유 없이 당하고 있지만은 않겠다는 것이 당시 내 마음이었다.
하지만, 장영달은 이런 나에게 항상 충고를 아끼지 않았다.

　"계란으로 바위를 치는 격입니다. 힘을 기르십시오."

　사실 힘을 길러야 함을 모르는 것은 아니었지만, 사고무친(四

顧無親)이었던 나는 다른 방법의 가능성 자체를 염두에 두지 않았다. 나중에 안 일이지만 힘을 기르라는 것은 내가 공부를 했으면 하는 마음으로 그가 건넨 말이었다. 장영달은 이미 여러 차례 나에게 이제 일본어 공부는 접어두고 영어 공부를 하라고 말했었다. 그때 장영달의 말을 들었다면 얼마나 좋았을까? 때늦은 후회였다.

시국사범 장영달과의 약속

보안과장과 면담을 한 바로 다음 날 장영달이 내 방 앞으로 왔다. "병천 씨, 병천 씨 때문에 제가 오늘 호강을 했습니다. 소장이 부르기에 갔더니 커피도 주고 과일도 주어서 먹었습니다." 그러면서 소장은 내가 '사랑 결핍환자', '정에 굶주린 사람'이니 옆에서 장영달이 잘 돌봐 주기 바란다고 말했다면서 나에게 그 말에 대해 어떻게 생각하느냐고 물었다.

나는 피식 웃고 말았다. 그러나 솔직히 말해 정에 굶주려 있다는 소장의 말에는 나도 동감했다. 아니 모든 재소자가 정에 굶주려 있는 것 아닐까? 사람이란 어떤 면에서 보면 정을 찾아다니는 존재가 아닐까? 올바른 정을 찾으면 그 사람은 행복한 사람이고 그 정을 찾지 못하는 사람은 불행한 사람이 아닐까?

모든 범죄 특히 파렴치범이라고 하는 절도, 강도, 폭력을 저지르는 사람들은 대부분 정에 굶주린 사람들이다. 그 원인을 가정에서 찾는다. 가정이 화목하면 별 탈이 없지만 가정이 불화하면 반드시 정에 굶주리게 마련이다. 가정에서 받아야 하는 정을 받지 못하면 그 정을 밖에서 찾는다. 그러나 가정 밖의 정은 그냥 얻어지는 것이 아니라 주로 돈을 통해서 얻어진다. 바로 유흥가에서 얻어지는 정이다. 그러나 유흥가에서 받는 정에는 거짓 정이 많다. 정에 굶주린 사람이 다행히 종교기관에 의탁된다면 그 사람은 복이 많은 것이다. 후일에 신학대학원을 졸업하고 충주 소년원에 다니며 그곳에 있는 소년원생들을 면담한 적이 있는데, 그들 중 80~90%가 부모의 이혼으로 집을 뛰쳐나온 아이들이었다. 이토록 가정의 화목은 청소년 정서에 중요한 역할을 한다. 가정에서 부모의 정을 받는 아이는 집을 나갔다가도 바로 집으로 돌아오기 마련이다. 부모의 정 만큼 소중한 건 없다.

장영달에 얽힌 기억

목포교도소 특별사동에는 1번 방에 조직폭력배 김태촌이 있었고, 3번 방에 긴급조치로 들어온 고려대생 설훈 그리고 13번 방에는 장영달, 14번 방에 내가 있었다. 16번 방에는 여호와증인이 7명 정도가 있었다. 16번 방은 다른 방과는 달리 좀 컸다. 다른 1.7평짜리 작은 방에는 4~5명의 소년수가 함께 지냈다. 여호와증인들이 있는 방은 3.5평 정도 되었다.

내게 많은 관심을 보인 사람은 바로 장영달이었다. 그는 나에게 자기가 읽던 책을 주기도 하고 반찬 같은 것 그리고 먹을 것도 사주었다. 장영달이 준 책 중에 아직도 생각이 나는 것은 김동길 교수의 자서전 격인 『끝없이 이 길을』이란 수필집이다. 그때까지 어떤 수필집이고 끝까지 읽어 본 적이 없었다. 아마도 이 책이 처음으로 끝까지 읽은 책이었다. 물론 그 내용은 다 잊어버렸지만 "사람은 정직해야 한다"는 말은 아직도 생생하다. 거짓말은 또 다른 거짓말을 낳기 때문에 그치지 않는다고. 정말 감명 깊게 읽었다.

장영달은 나에게 여러 가지 책을 주었다. 그냥 책만 준 것이 아니라 책을 주고 난 다음에는 반드시 독후감을 물어보았다. 내 느낌을 말하면 그는 그 부분에서 자기는 다르게 느꼈다고 하기도 하고 공감되는 부분이라고도 했다. 그러다 보니 책 읽는 것이 매우 재미있어졌다. 물론 내가 읽기 어려운 책도 있었지만, 그는 그래도 끝까지 읽어야 된다고 하면서 이해되는 부분만이라도 읽을 것을 권유했다. 내가 리더스다이제스트 일본어판을 그냥 읽어가는 것을 본 장영달은 이제 일본어는 그만 공부하고 영어를 했으면 좋겠다는 말을 여러 번 했다. 그리고 자기가 추천해 줄 테니, 신학교에 가는 것이 어떠냐고 묻기도 했다. 그 말에 "공부는 무슨 공붑니까? 제 나이(그 당시 내 나이는 28세였다)에 공부해서 무얼 합니까? 그리고 신학교에서 무얼 배웁니까? 종교란 선으로 거래를 하는 것에 불과합니다. 자신의 의지를 굳게 하고 거짓 없이 좋은 생활을 하면 되는 것 아닙니까?" 그때 장영달은 아마도 이렇게 말한 것 같다.

"병천 씨가 말한 것도 일면 맞는 말입니다. 그러나 대한민국에서 기독교는 다른 나라에 비해 엄청난 성장을 했습니다. 그것은 우리나라에 대형교회가 많아서도 아니고 그렇다고 어떤 훌륭한 목사 지도자가 있어서도 아닙니다. 우리나라에서 교회가 성장한 것은 바로 남들 모르게 기도하고 헌신하고 남을 위해 희생한 사람이 많기 때문입니다." 그때는 그 말을 그냥 흘려들었다.

장영달은 누구보다 깊은 기독교 신앙을 가진 분이다. 그는 시간이 있을 때마다 기독교에 대한 이야기를 해 주었다. 특히나 본회퍼에 대한 이야기는 아직도 기억하고 있다. 디트리히 본회퍼는 이해하기 쉬우면서도 어려운 인물이다. 그는 에큐메니컬 운동을 지지했으며, 세속세계에서 그리스도교의 역할에 대한 견해로 중요한 인물이다. 아돌프 히틀러를 타도하려는 계획에 가담했다가 투옥되어 처형당했다. 그가 죽은 뒤인 1951년 출판된 『옥중 서간』은 그의 신념이 담긴 가장 심오한 글이다.

그는 1923~1927년 튀빙겐대학교와 베를린대학교에서 신학을 공부했다. 베를린대학교에서는 아돌프 폰 하르나크, 라인홀드 제베르크, 카를 홀 같은 역사신학자들에게서 영향을 받았고, 카를 바르트가 스위스에서 주창한 새로운 '계시신학'에 크게 매료되었다. 1933년 나치가 정권을 잡은 초창기부터 반유대인주의를 공언한 나치 정권에 대한 저항운동에 가담했다. 1933~1935년 런던에 있는 조그만 독일인 교회 두 곳에서 목회를 하느라 18개월 동안 독일을 떠났으나 나치 정권에 대한 개신교 저항운동의 중심이었던 고백교회의 지도적인 대변자가 되었다. 1938년 변호사인 매형 한스 폰 도나니의 소개로 히틀러 정권을 전복시키려는 단체를 알게 되면서부터 본회퍼는 점점 더 정치성을 띤 활동을 벌이기 시작했다. 이후 군사정보국에 위장 취업하여 저항운동을 위한 역할을 계속 수행했는데, 사실상 이 군사정보국이 저항운동의 중심 역할을 했다. 1944년 7월 20일 히틀러를 암살하려는 시도가 실패로 끝난 뒤 본회퍼가 암살 음모에 직접 관여했음을 밝혀주는 문서가 발견됨으로써 고문을 받고 결국 처형당했다.

'구슬이 서 말이라도 꿰어야 보배'라는 말이 있다. 아무리 훌륭하고 좋은 것이라도 잘 활용하지 못하면 쓸모가 없다는 뜻이다. 학교에서, 가정에서, 세상의 배움을 통해서 무엇이 좋은 행동이고 나쁜 행동인지 그리고 어떤 일을 해야 하고 어떤 일은 하면 안 되는지 잘 알고 있다. 하지만 아는 것으로 끝나기 때문에 이 세상에 부조리한 일들이 벌어지고 있다. 무엇이 옳고 바른 행동인지 알고 있다면 생각으로만 끝나는 것이 아니라 행동으로 실천하는 마음이 필요하다. 그런 면에서 본회퍼는 긴급조치로 교도소에서 생활한 학생들에게 지대한 영향을 주었다고 생각한다.

긴급조치로 들어온 대학생들은 대부분 자기와 관련이 없는 일에는 별로 간섭하지 않고 방에서 독서를 하면서 지냈다. 그러나 그중에는 재소자들에게 관심을 가지고 그들의 억울함을 풀기 위해 교도소 당국과 싸우는 사람들도 있다. 장영달이 바로 후자에 속하는 사람이었다. 그는 교도소에서 약자가 당하는 억울함을 보면 그

냥 앉아 있지 않았다. 적극적으로 행동했다. 하지만 약자의 편에
서 있더라도 결코 그들에게 휩쓸려 들어가지는 않았다.

한번은 이런 일이 있었다. 무의탁자 재소자 하나가 교도소 당
국에 의해 억울한 일을 당했다. 그는 자신이 하지도 않은 일에 가
담했다는 누명을 쓰고 독방에 들어왔다. 그의 억울함을 장영달이
나서서 해결해 주었다. 독방에서 풀려난 그 무의탁 재소자는 고마
운 마음에 여러 가지 구매 물품을 사서 와서 장영달에게 주었으나
장영달은 그 구매 물품을 받지 않았다. 무의탁자가 그 구매 물품을
어떻게 사 왔는지 알기 때문이었다. 그는 자기 영치금으로 사왔다
고 했지만 무의탁자가 영치금이 있을 리 만무하고, 설사 영치금으
로 사왔다고 해도 장영달이 그런 일을 한 것은 어떤 보답을 받기
위해서가 아니었기 때문에 장영달은 그것을 받을 수 없다고 생각
한 것이다.

장영달은 많은 교도관과 친하게 지냈다. 물론 목포교도소에서
오랜 시간 수형생활을 했기 때문이기도 했지만 꼭 그런 이유만은
아니었다. 그 당시에 긴급조치로 들어온 수감자들에 대해 교도관
들은 '지들이 무슨 애국자'라고 하며 비웃는 경우가 많았다. 장영
달도 역시 그런 비웃음을 받는 경우가 있었다. 그러나 며칠이 지나
면 그들이 장영달에게 다가와 친절하고 다정하게 이야기를 나누
는 것을 보았다. 처음에는 그 이유를 알지 못했으나 그와 생활을
오래 하면서 그 이유를 알 수 있게 되었다. 장영달은 교도관이 그
를 비웃으면 아무 말 없이 그대로 받아들인다. 그리고 그들이 그렇

게 생각하는 것에 대해 수긍도 한다. 그런데 그런 교도관들이 생각을 바꾸게 되는 것은 오로지 장영달의 힘이라 하겠다. 그가 자기를 비웃는 사람들의 말을 듣기만 한다고 해서 결코 손을 놓고 있는 것은 아니었다. 교도소에 있는 배치 교사(교도관들의 야근근무를 배치하는 교도관으로서 부장급 이상)에게 부탁해서 자신을 반대하는 교도관을 자신의 사방에서 야간근무를 하도록 만든 뒤 야간 근무 시간에 자신의 행동에 대하여 그를 설득시키는 장면을 보았다. 그렇게 그는 교도소에 있으면서 약자들을 위해 적극적으로 활동할 뿐 아니라 반대하는 사람들을 자기편으로 만들 힘을 가지고 있었다. 그것이 장영달이 가진 기독교 신앙의 힘이라고 믿었다. "너희가 여기 내 형제 중에 지극히 작은 자 하나에게 한 것이 곧 내게 한 것이니라"(마 25:40).

오늘날 교도소는 전과 매우 달라졌다. 이렇게 된 데에는 당시 긴급조치로 들어온 학생들과 김대중 대통령의 힘이 컸다고 생각한다. 김대중 대통령이 취임한 뒤 교도소의 재소자들에 대한 처우가 매우 달라졌기 때문이다. 필기 기구를 임의로 가질 수 있고 쓸 수 있도록 한 것도 김대중 대통령의 배려였다. 그러나 교도소는 많이 달라졌지만 교도소에서 수형생활을 하는 재소자들은 별로 달라진 것이 없다. 이들에게 자신들이 고집하는 길이 아닌 다른 길도 있다는 것을 보일 방법을 연구하고 제시하고 싶다. 재소자들이 자기가 가진 재능을 범죄가 아닌 다른 곳에 활용한다면 재소자들에게 많은 변화가 있을 것이다.

여하튼 아무런 인연도 없는 나에게 관심 가져 준 장영달은 교도소에서 자기보다 못한 사람이 억울하게 당하거나 피해 입을 때 그냥 가만히 보고만 있는 사람이 아니라, 그를 위해 자신의 힘이 닿는 데까지 관심을 가지고 지켜보는 그런 사람이었다. 이 모든 것이 다 기독교의 하나님에 대한 신앙이 없이는 결코 나올 수 없는 그런 행동들이었다.

장영달과 관련해 내게 남아 있는 기억들 가운데 두 가지 사건은 아직도 생생하다. 어느 날 아침 세수를 하러 나가는데 12번 소년수 방에 낯 모르는 소년수가 들어왔는데 자전거를 훔치다 들어왔다고 했다. "장형, 여기 자전거를 한 대 훔치다 들어온 소년수가 있는데 보시겠습니까?" 했더니 장영달이 "그놈 똑똑하게 생겼구나"라고 말했다. 그때 덩치가 조금 큰 소년수가 그 소년수의 방을 지나다가 "철권이 형 잘 주무셨습니까?"라고 하는 것이 아닌가? 아니 저렇게 덩치 큰 소년수가 형이라고 부르다니. 알고 보니, 그는 자전거를 훔치다 들어온 것이 아니라 몇 년 전 있었던 여고생 성폭력 사건의 미수범 중의 하나였다. 다른 공범들은 이미 재판을 받고 다 출소한 상태였다. 그러나 그 소년수만 기소중지 되어 있다가 나중에 체포되어 들어왔다. 그는 그 나이 또래에서는 매우 싸움을 잘하는 소년이었다.

장영달은 이 아이를 날마다 자기 방에 데리고 가서 교육했다. 그 아이가 폭력조직에서 빠져나오길 바라는 염원을 갖고 한 일이었다. 그 아이도 장영달과 몇 번 이야기를 나눈 후에 다시는 폭력배들과 어울리지 않고 공부를 하겠다고 말했고 결국 그는 집행유예를 선고받고 출소를 했다. 그러나 그 소년수가 다시 목포 폭력조직에 가담했다는 말을 듣게 되었을 때 장영달은 매우 침통해했다. 내가 "다 그런 것 아닙니까? 여기 재소자들, 믿을 게 못 됩니다"라고 했더니, 장영달은 "아니, 제 정성이 부족한 것 같습니다"라고 대답했다. 그때 피식 웃고 말았지만 나중에 사회에서 장영달과 관계를 맺고 살면서 그때 그의 마음이 진실이었음을 믿게 되었다.

철창 속 허물없는 친구가 되다

장영달에 관한 또 다른 이야기는 그가 목포교도소의 한 교도관을 도와준 이야기이다. 어떤 교도관이 보안과장에게 이유도 없이 혼이 났다. 그는 화가 나서 사직서를 내고 나가버렸다. 자기의 지위가 낮다고 이유 없이 당할 수만은 없다고 생각했기 때문이다. 그런데 보안과장이 그 교도관에게 저지른 자신의 잘못이 크다고 생각하고 그를 찾아가 자기가 잘못했으니 사표를 철회하라고 해서 그 일은 일단락이 되었다. 그 교도관은 바로 우리 특별사동 담당 교도관이었다. 그는 장영달의 앞에 와서 이곳 교도소는 그런 일이 많다고 하면서 정말 참을 수 없다는 말을 했다. 장영달이 "그러면 당신도 간부 시험을 보면 되지 않습니까?"라고 했더니, 그 담당 교도관은 "영어를 못 해서 엄두가 나지 않는다"고 대답했다. 그러자 장영달이 "그러면 영어 공부는 내가 도와줄 테니 한번 시도해 보십시오"라고 해서 그 담당 교도관은 그때부터 장영달과 함께 영어를 공부하기 시작했다. 그리고 그는 교정직 7급 공채시험을 보았고 필기시험에 합격했지만 면접에서 눈이 나쁘다는 이유로 떨어졌다. 그때는 그 교도관이 교정직 7급을 칠 수 있는 마지막 기회였다.

그가 실의에 빠져 있을 때, 장영달이 그에게 "꼭 교정직만 있는 것이 아니지 않습니까? 행정직도 있습니다. 왜 행정직에 도전해 보지 않습니까?"라고 행정직에 도전할 것을 시사했다. 그런데 그는 "행정직은 엄두가 나지 않습니다. 행정직은 영어뿐만 아니라 수학을 공부해야 되는데, 수학은 영어보다 더 힘이 듭니다." "왜, 먼저 안 된다고 합니까? 영어도 안 된다고 하다가 해보니 되지 않았습니까? 한 번 더 시도해 보시기 바랍니다. 매사를 긍정적으로 생각하십시오." 그 교도관은 내가 보기에도 정말 열심히 공부했다. 내가 두 시, 세 시에 일어나서 보면 그는 책과 씨름하고 있었다. 결국 그는 행정직 7급 공무원 시험에 합격했다. 후에 청송교도소에서 출소해서 그를 만났을 때 그는 서울 과학기술처에서 근무하고 있고 대전 과학기술처에서 5급 공무원인 사무관으로 일하다 퇴직하였다. 아마도 이분이 눈을 비벼가면서 공부하는 것을 본 덕분에 내가 더 열심히 공부에 힘썼던 게 아닐까 싶다. 몹시 감동했으니 말이다.

나중에 안 사실이지만 장영달은 나와 함께 전주고 입학시험을 본 사람이었다. 그는 합격했고 나는 불합격했다. 그래서 그는 내 친구들과도 잘 아는 사이였다. 나와 함께 전주고등학교 시험을 보았던 내 친구들의 이름을 장영달은 기억하고 있었으며 그들의 현황까지 알고 있었다. 참으로 묘한 인연이었다. 한 사람은 고등학교에 합격하고 다른 사람은 고등학교 시험에 떨어졌는데 10년이 지난 후 둘 사이에는 엄청난 차이가 있었다.

가끔 설훈과도 이야기를 나누었다. 그는 서울구치소에서 다른 학생들과 함께 정권에 대항하여 데모를 하다가 목포교도소로 이송되어 와서 재판을 받았다. 1심에서 1년을 구형받고 재판 중이었던 그는 재판이 끝나기도 전에 출소를 했다. 재판이 끝나지 않았는데 재판 결과도 없이 그가 출소하게 된 건, 아마도 미국 카터 대통령의 인권 정책의 영향으로 더는 학생들에게 가혹 행위를 할 수 없었던 이유가 컸던 것 같다. 당시 박정희 정권은 죄 없는 사람을 죄가 있다고 조작하여 구속하거나 재판을 해서 그를 억압함으로써 그가 하는 일을 방해하는 수법을 썼다. 그들의 낡은 수법에는 반성문을 쓰면 나가게 해 주고 반성문을 쓰지 않으면 골수분자라고 낙인을 찍어 골탕을 먹이는 방식이 있었다. 긴급조치로 들어온 사람들 대부분은 그런 것에 현혹되지 않았다. 박정희가 가장 잘못한 일은 학생들을 감옥에 보낸 것이었다. 학생들은 감옥에서 자신들의 의지를 꺾기는커녕 오히려 단련시켜 나와서 정부에 더욱 반항적이 되었기 때문이다.

추운 겨울철이었다. 하루는 아침 기상을 하자마자 장영달이 제일 먼저 나가는 것을 보았다. 나도 따라 나갔는데 세면장에서 목욕을 하는 것이 아닌가? 그 추운 날, 아침부터 냉수욕을 하고 있었다. 거기에는 설훈도 있었다. 두 사람이 아침마다 냉수욕을 하고 있었던 것이다. 내가 "춥지 않습니까?"라고 묻자 장영달이 "아주 좋습니다. 병천 씨도 들어와 한 번 하시죠?"라고 말을 해서 나도 냉수욕에 참여했다. 처음에는 추웠으나 목욕을 하고 난 후 그렇게 기분이 상쾌할 수가 없었다. 한 3개월 동안 셋이 함께 냉수욕을 했다.

조직폭력배 김태촌

김태촌과도 종종 이야기를 나누었다. 특히 여수 조직폭력배에 대해서는 내가 잘 알고 있었기 때문에 순천의 조직폭력배 어떤 사람 이야기를 하면 그도 알고 있었다. 그와의 이야기를 통해 조직폭력배들 사이에는 긴밀한 연락망이 있다는 것을 알았다. 여수 – 순천 – 광주 – 목포 조직폭력배들은 서로 긴밀한 연락망을 가지고 있다고 했다. 김태촌은 정치깡패였다. 한때 이철승이 신민당 당수였을 때, 그는 신민당 사회청년부장을 했고 여러 폭력 사건에 연루되기도 했다. 우리가 간혹 방에서 나와 서로 대화하는 것을 담당 교도관은 눈 감아주었다. 여하튼 나와 김태촌의 관계는 원만했다.

그러다 내가 부식 때문에 교도소 측과 싸우다가 지붕에 올라가 난동을 피우고 2층 지붕에서 떨어진 사건이 있었다. 그는 그때 지도 부반장을 하고 있었다. 난동을 피운 게 아침 먹기 전이었으니 보안과장의 출근 전이었다. 꽁꽁 묶여서 보안과에 있는데, 마침 보안과장이 들어왔다. 그런데 김태촌도 같이 들어오면서 보안과장에게 하는 말이 "이 새끼, 아직도 덜 맞았습니다" 하는 것이 아닌가? 묶여있는 탓에 그렇지 않아도 힘이 드는데 서로 아는 사람이 내 처지에 대해 동정심을 가지는 것이 아니라 오히려 나에 대해 악담을 퍼붓다니 참으로 화가 났다. 이전까지 내 딴에는 친하다고 여겼는데 그는 그런 말로 내 기분을 망쳐놓고 말았다. 이 일이 있고 나서 김태촌은 나에게 매우 시달렸다. 귀휴(모범수에게 주어지는 휴가)를 가기로 결정이 났지만 나와 관계 때문에 가지 못하다가, 내가 마산 교도소로 이송을 갔을 때에야 귀휴를 가게 된 것이다.

이런 일도 있었다. 목포의 한 연예 단체에서 목포교도소에 위문 공연을 왔다. 그 위문 공연은 김태촌이 불러들였다. 공연장에는 중앙정보부 목포 책임자도 왔다고 하였다. 공연이 시작되었는데 스트립쇼가 이어졌다. 김태촌이 "야, 다 벗어"라고 하자, 소장은 "안 돼"라고 반대를 했다. 그러자 김태촌은 "지랄들 하네" 하며 철문을 박차고 나갔지만 누구 하나 그를 터치하는 사람이 없었다. 그 정도로 위세가 등등했다. 그런 그의 예정된 귀휴가 내가 떠드는 바람에 연기되어버린 것이다.

불량 부식 때문에 시작한 단식

그런데 또 사고가 터졌다. 부식 때문이었다. 간혹 부식을 먹고 구토를 하고 머리가 아프기도 했다. 면회도, 영치금도 없기에 교도소에서 주는 것만 먹어야 하므로 부식이 좋지 않으니 보안과장을 면담할 수 있도록 해 달라고 했으나 거절되었다. 채소류는 현행법상 3일 즉 72시간이 지난 것을 사용해서는 안 된다. 그러나 목포교도소는 배추가 쌀 때 사 놓고 그것을 6개월 이상이나 소금에 절여서 저장해 두었다가 재소자들에게 공급해 주곤 했다. 그런데 보관이 잘못되어 부패하는 일이 종종 있었다. 그리고 오래된 채소는 그 맛을 잃어버리고 만다. 된장국을 끓이더라도 채소의 모양이 없어져 풀어져 버리는데 제맛을 낼 리가 없었다. 꼭 채소만이 아니었다. 서울구치소에 있을 때 받은 부식과 목포교도소의 부식은 사뭇 달랐다. 제대로 된 부식을 먹기 위해서 단식을 시작했다.

이번 보안과장은 내가 순천교도소에 있을 때 관계를 맺은 사람이었다. 그는 오자마자 내가 독방에 있는 것을 보고 독방에 있는 것이 나의 자의인지 아닌지를 묻기도 했다. 자의가 아니라면 내보내겠다고 할 정도로 그는 나를 도와주려고 했다. 그런데 내가 부식이 부패하여 밥을 못 먹겠다고 투쟁을 하니 자기 딴에는 나를 도와주려고 했는데 내가 말썽이나 피우는 꼴인지라 그는 여간 화가 난 게 아니었다. 그는 단식하는 나에게 우주복을 입혔다. 우주복이란 코, 눈만 남겨두고 온몸을 솜으로 덮어버리는 솜옷이다. 그때가 7월이었으니 그 고통이 얼마나 컸으리라는 것은 짐작할 수 있을 것이다. 온몸이 땀투성이가 되었다. 가만히 있어도 우주복 안으로 땀이 줄줄 흘러내렸다. 숨이 가빠서 헉헉대었다. 하지만 나도 당하고

만 있었던 것은 아니었다. 오전 12시만 되면 고래고래 소리를 지르면서 목포교도소의 부정을 말했다. 그리고 "너희가 공무원이냐? 공무원이 아니라 김태촌의 똘마니 아니냐?"라고 소리쳤다. 우주복을 쓴 다음부터 특별사동에서 나와 다른 일반 재소자들이 있는 혼거방(여럿이 있는 방)에 있었다. 물론 같은 방에 있는 사람들에게는 양해를 구했다. 방에 있는 사람들도 나에게 호의적이었다. 그리고 그들은 나를 격려해주기도 했다. 그렇게 고함치는 소리가 장영달이 있는 특별사동에도 들렸던 모양이다.

내가 단식을 시작한 지 사흘째 되던 날 보안과장은 전 재소자들을 교회당으로 집합시켰다. 나도 우주복을 쓴 채로 교회당으로 이끌려 갔다. 교회당에서 보안과장은 재소자들에게 "문병천이가 부식이 나쁘다고 하는데 여러분의 의견은 어떤지 솔직하게 말해주었으면 좋겠다"고 재소자들의 의견을 물었다. 우주복을 쓰고 있는 나를 대동한 보안과장의 솔직하게 말하라는 말이 재소자들의 귀에 순수하게 들렸을까? 사실 보안과장은 재소자들에게 무언의 협박을 하고 있었다. 그러자 몇몇이 일어나 부식이 좋다고 말했는데 그들은 대부분 일반 재소자가 아니라 직책을 맡는 반장이나 배식 반장들이었다. 한 마디로 그들은 교도소에 아부한 것이다. 이들은 과에서 나오는 부식이 아니더라도 다른 부식을 먹을 수가 있으므로 그렇게 말할 수 있었으리라. 적지만 일부에서는 나의 의견에 동조하는 발언이 나오기도 했다. 여하간 교도소에서 바른말을 한다는 것이 얼마나 어려운 일인가를 말해주는 사건이었다. 마지막으로 보안과장은 나에게 말할 수 있는 시간을 주었다. "문병천, 너도 한마디 해보아라." 단 한마디 했다. "보안과장이 지금 나에게 무어라고 하던 내가 주장한 것은 사실이다. 사필귀정(事必歸正)이라는 말을 믿는다." 보안과장은 나중에 다른 교도소 소장으로 갔는데 부정을 저질러 결국 자기 직분을 제대로 수행하지 못했다고 한다.

갑자기 정신이상자가 되다

단식을 시작한 지 5일째 되는 날 우주복을 벗고 별안간 목포적십자병원으로 인도되어 나갔다. 나의 건강상태를 점검하기 위해서 나가는 줄 알았다. 그런데 그게 아니었다. 나를 정신이상자로 만들기 위해서 병원으로 데려간 것이었다. 병원에 도착하여 의사 앞에 섰다. 의사는 먼저 성명, 나이, 고향 따위를 물었다. 내가 알고 있는 대로 말을 했다. 그런데 갑자기 의사는 태도를 바꾸면서 "죄수가 교도관이 시키는 대로 하면 되는데 무슨 단식을 해서 교도관과 다툽니까?"라고 나에게 호통을 쳤다. 오랜 단식으로 몹시 힘이 없는 나에게 사정을 잘 알지도 못하는 사람이 그런 소리를 하니 나는 나 나름대로 화가 났다.

"제대로 알지도 못하는 사람이 그런 말을 할 수 없는 거 아니요? 당신이 알기는 무얼 알아서 그따위의 말을 하는 거요?"

나도 대뜸 큰 소리로 고함치고서 험악한 표정으로 그 의사를 쩨려보았다. 이것이 빌미가 되어 정신병자라는 병명을 달게 되었다. 나를 데리고 온 교도관들은 좋아했다. 의사가 인정한 정신병자이므로 자신들이 처우하기가 쉽다고 생각한 모양이었다.

의사의 진찰을 받고 나와 대기실에서 거울에 비친 얼굴을 볼 수 있었다. 저것이 내 얼굴인가? 내 얼굴에는 청색 솜옷의 털이 무수히 묻어있었고 팻국물 자국이 여기저기 나 있었다. 그래, 5일 동안 우주복을 쓰고 있었고 그간 오전 12시만 되면 고래고래 소리를 질렀으니 땀으로 범벅된 얼굴이 오죽했을까? 의사가 몇 마디 물어볼 것도 없이 내 얼굴만 보더라도 정신이상자로 진단하는 것은 어렵지 않았으리라는 생각이 들었다. 그렇게 해서 나는 정신이상자가 되었다. 교도소에서는 나를 정신이상자로 해놓으면 내가 주장했던 것들이 다 사실이 아닌 것으로 입증될 수 있으리라 생각한 모양이었다.

장영달과 설훈이 내가 단식을 시작한 지 나흘째 되던 날부터 동반 단식에 들어갔다는 말을 한 교도관이 전해주었다. 설훈은 보안과장에게 "문병천이 무슨 주장을 저렇게 저녁마다 고함을 지르고 있는가? 문병천의 잘못이 무엇인가" 하고 따져 물었던 모양이다. 나야 면회도 오지 않고 집과의 연락이 두절된 상태이기 때문에 어떻게 되든 상관없지만 긴급조치로 들어온 사람들에게 잘못 걸리면 자신의 안위가 위태로웠기 때문에 보안과장은 안절부절 못하고 있었다. 더구나 설훈은 7월 17일 제헌절에 출소한다는 연락이 온 상태였으니 교도소 당국은 더욱 난처한 입장이 되었다. 그가 "문병천의 몸에 무슨 잘못된 점이라도 발견된다면 출소하지 않겠다"고 하니 교도소 측은 무척 난감했을 것이다.

내가 마산교도소로 이송되기 전날 장영달을 만날 기회가 있었다. 그때 내가 "목포교도소에서 나를 정신이상자로 만들어 마산으로 보낼 예정입니다"라고 말을 했더니, 장영달은 이렇게 대답했다. "누가 무어라고 하던 너무 신경 쓰지 마시고 마산으로 가시면 그곳에서 잘 생활할 수 있도록 교도소 측에 한 번 부탁을 해보십시오. 나도 신분장에는 험악하고 성질이 고약한 사람으로 되어 있습니다. 남의 이야기에 너무 신경을 쓰지 마십시오. 힘을 내십시오"라고 나를 위로해 주었다. 보안과장은 나에게 "네 부탁을 들어 줄 테니 단식을 풀어라"라고 종용했다. 내 부탁이란 타교도소로 이송을 보내달라는 것이었다. 이송을 보내준다고 하여 마침내 단식을 풀었다.

병원에 갔다 온 후 얼마 지나지 않아서 정신이상자라는 딱지를 단 채 마산교도소로 이송되었다. 그리고 정신이상자들이 있는 사동으로 들어갔다. 그곳에는 정말 정신이 이상한 사람도 있었으나, 전혀 그렇지 않은 사람도 있었다. 물론 그 사동은 정신이 멀쩡한 사람들, 바로 약삭빠른 재소자들이 장악하고 있었다. 교도관들은 그들을 통해 정신이상자들을 통제하고 있었다. 정신이 멀쩡한 사람들이 정신이 이상한 사람들을 괴롭히고 있었다. 일주일 정도 지났을 때, 마산교도소 의무과장이 나를 불렀다. 그는 마산 가까이에 신경정신과 병원을 차려놓고 마산교도소에 수감된 정신이상자들을 치료하는 정신과 의학 박사였다. 그는 나에게 "왜 이곳에 왔느냐?" 하고 물었다. 자초지종을 말하고 보안과장과 내가 순천에서 함께 있었던 일도 말해주었다. 그러면서 그냥 마산교도소에 일반 재소자로 있었으면 좋겠다고 말했다. 그랬더니 의무과장은 "당신은 다시 목포교도소로 가야 한다"고 했다. 통사정을 해도 교정행정상 그렇게 되어 있다고 말하면서 나를 정신이상자들이 있는 사동에서 미지정방으로 옮기도록 지시했다.

이송을 온 지 한 달도 되지 않아서 보통 재소자들이 있는 미지정 사동으로 전방을 갔다. 내가 목포로 다시 가려면 한 달 정도 걸린다고 했다. 하지만 결국 3개월이 걸렸다. 내가 마산교도소에 있었을 때 박정희 대통령의 독재에 항거하여 부마항쟁이 일어났고, 이에 마산교도소는 한 사동을 비우고 이 사건으로 체포되어 들어올 사람들을 수감할 방까지 마련해두었다. 그러나 그 방들은 채워지지 않았다. 그 후 얼마 있지 않아 박정희 대통령이 자기가 믿고 있었던 부하 중앙정보부장 김재규의 총탄에 죽고 말았기 때문이다. 박정희 대통령의 독재정치도 끝이 났다. 한 달이 지나도 목포교도소로 이송되지 않자 교도소 당국에 문의했으나 좀 더 기다리라는 말만 들었다.

마산교도소로 이송된 지 3개월 만에 다시 목포교도소로 왔다. 목포교도소에 돌아와서는 독방으로 가는 줄 알았는데 독방이 아니라 혼거방이었다. 그런데 그곳 사방담당 교도관은 순천교도소에서 근무했던, 나와 알던 사람이었다. 그래서 그 교도관 덕에 생활이 조금 나을 줄로 기대했는데 낫기는커녕 오히려 그는 나를 괴롭히기 시작했다. 그는 나에게 "마산에 가니 어떠하더냐? 이제는 좀 정신을 차렸느냐?" 하면서 묘한 웃음을 지으며 내 의중을 떠보려고 이것저것 시비를 걸었다. 화가 났다. 오자마자 조롱을 당하는 것 같은 느낌이 들었다. 노골적으로 "이제는 전과 같은 행동은 통하지 않는다"고 하면서 좀 조용히 있지 않으면 가만두지 않겠다고 협박까지 하는 것이었다. 그 교도관에게 "너희들이 공무원이냐? 너희들은 양심도 없는 놈들이다. 정신이 멀쩡한 사람을 마산으로 보내놓고 미안하다는 말 한 마디 없이 또 나를 골탕을 먹이려고 하느냐? 좋다. 그렇다면 내가 먼저 너희들 소원대로 해 주마. 너희들이 이렇게 나온다면 내가 먼저 사고를 쳐 주마"라고 하면서 돌아온 첫날부터 철창에 머리를 들이받았다. 머리는 깨지고 이마에서 피가 줄줄 흘러내렸다. 나는 묶인 채로 특별사동의 독방으로 갔다. 그때까지 장영달은 그 특별사동에 그대로 있었다.

재소자에게 가장 필요한 것은 재소자 자신의 권리를 위해서 당당히 일어서서 어떤 상황에도 굴하지 않고 불의와 맞서 싸우는 것이다. "너희는 사회에서 죄를 짓고 온 놈들이다. 그러니 무조건 교도관에게 복종해야 한다"고 말하는 교도관이 있다. 그러나 죄를 지었다고 교도관의 사사로운 감정에 굴복할 필요는 없다. 죄를 지었으므로 감옥에 있는 것이 아닌가? 법치주의란 법으로서 다스리는 것을 말하지 않는가? 교도소는 법으로서 통치되는 것보다 교도관의 편의를 따라 다스려지는 경향이 강하다. 특히 아무도 면회를 오지 않는다거나 서신마저 오지 않는 무의탁자들에게는 거의 그렇다. 참으로 안타까운 일이다.

장영달은 대전으로, 나는 사회로

마산교도소에서 목포교도소로 다시 이송되어 온 후 전두환 보
안사령관이 정권을 잡았고 이후 광주 민주화운동이 일어났다. 아
직도 학생들의 목소리가 귀에 쟁쟁하게 들리는 듯하다. 그들은 이
렇게 부르짖었다.

"우리는 이제 경찰도 군인도 믿지 못한다. 우리는 분연히 일어
서야 한다."

저녁때가 되면 자동차 소리가 들리고 어김없이 학생들의 절규
의 소리가 2, 3일 동안 계속되었다. 그리고 잠잠해졌다. 장영달은
"사회가 매우 어지럽다, 무슨 일이 일어났는가 보다"라고 말하면
서 걱정을 했다. 그리고 얼마 있지 않아 긴급조치 사면이 있다고
하면서 모든 긴급조치로 들어온 사람들은 다 석방될 것이라는 소
문이 들렸다. 담당 교도관은 장영달에게 신문에 난 사면자 명단을
가져왔는데 그 명단에 분명 장영달도 적혀있었다. 그래서 장영달
은 출소준비를 하고 있었는데, 어찌 된 일인지 그의 경우 출소가
아니라 대전으로 이송을 가야 한다고 했다. 그리고 며칠 후에 그는
대전으로 이송되어 갔다. 우리는 장영달도 분명히 사면을 받는다
는 신문기사를 보았지만 결국 전두환은 그를 출소하지 못하게 하
고 오히려 공산주의자로 낙인을 찍어 교도소에 남아 있게 한 것이

다. 장영달은 민청학련 사건으로 구속되었다가 출소한 후 인혁당 사건은 군사재판이 아니라 민간인 재판에 회부되어야 한다고 주장하였는데, 그런 그를 눈엣가시처럼 여긴 정부가 그를 공산주의자로 만든 것이다. 예전이나 지금이나 달라진 것이 없다. 얼마나 많은 무고한 시민들이 공산주의자로 낙인이 찍히고 형틀에 아니면 총살을 당한 것인가? 그것은 바로 임정 주석이었던 김구 선생님의 특별법을 유야무야로 만든 이승만 대통령에 책임이 있다. 이승만 대통령은 자기 세력을 키우기 위해 친일파를 중용함으로 친일파들은 일제하의 만행을 감추기 위해 독립투사들을 공산주의자들로 조작하고 처형했다. 참으로 안타까운 일이다. 친일파들은 일제하에서 나라를 팔아 호강하고 해방 후에도 처벌받지 않고 지금까지 권력과 경제를 장악하고 있다니 이 얼마나 슬픈 일인가?

목포교도소에 있을 때 장영달과 약속을 했다. 다시는 범죄를 저지르지 않고 바른 생활을 하겠다고 말이다. 그는 나에게 "이 세상 살면서 옳은 일을 해도 다 못하고 사는데, 남을 괴롭히며 산다는 것은 자신에게도 사회에도 짐이 되는 일이다"라고 말하면서 내게 신학 공부를 권유했다. 그러나 장영달의 말에 나는 이렇게 말했다. "종교란 선으로 거래를 하는 것에 불과합니다, 종교가 무슨 필요가 있겠습니까?"라고 말하자, 그는 이렇게 말했다.

"물론 기독교가 얼핏 보면 상업적인 면이 없지 않지만 그것이 전부는 아닙니다. 우리나라가 다른 나라에 비해 기독교가 많은 성장을 했습니다. 그것은 훌륭한 목사나 큰 교회가 많기 때문이 아니라, 남모르게 기도하고 희생하며 봉사하는 사람들이 많기 때문입니다." 그때 이 말을 듣고서 피식 웃어버렸다. 그러나 시간이 흐른 뒤, 정말이지 나 스스로 뼈를 깎는 시간이 흐른 뒤 그날 장영달이 했던 말이 진실이었음을 깨닫게 되었다. 어쩌면 그 사실을 깨달았던 그때부터 종교에 관심을 가졌는지도 모른다.

그렇게 장영달은 대전으로 이감을 가고, 특별사동에는 나 혼자 남게 되었다. 그가 있었을 때는 부식도 좋았다. 그가 직접 취사반에 가서 제대로 적당한 양의 주·부식이 들어가는지 감시를 하기도 했기 때문에 주식도 좋았고 부식도 다른 때에 비해 좋은 편이었다. 하지만 그가 간 후에 얼마 지나지 않아서 부식은 도로 옛날같이 나빠졌다. 하지만 더는 항의를 하지는 않았다. 나도 이제는 만기가 다가오니 조심하다 출소할 양으로 가만히 참았다. 그리고 얼마 지나지 않아 만기 출소를 했다. 그 당시 전과자는 심사해서 출소 후에 집으로 가는 것이 아니라 삼청훈련을 받는 곳으로 가기도 했다. 문제수는 거의 다 삼청훈련을 받는 곳으로 보내졌다. 다행히 삼청훈련을 교도소 안에서 받았기 때문에 그곳으로 가지는 않았다. 마지막 수감생활 동안 자숙한 것을 교도소 측에서 잘 보아준 듯하다.

4장

마지막 감옥생활과
삶의 변화

감호처분 그러나 감형을 받다

출소한 후, 홀로 살던 큰누나가 술집을 차려 함께 장사하자 했을 때, 나는 그 제안을 거절했다. 어떻게 하든 내 힘으로 무언가를 해내고 싶었다. 그래서 직업소개소를 통해 경기도 광주에 있는 젖소 농장으로 갔다. 주인은 나를 보자마자 돌아가라고 했다. 서울 소개소에서 추천한 사람은 믿을 수 없다는 말이었다. 참 난감했다. 그 주인은 손의 H자 흉터를 보고 성질이 더러울 것 같다고 생각했을지도 모른다.

그런다고 내가 물러설 줄 알았던 모양이다. 이왕 광주까지 갔으니 그냥 돌아올 수는 없는 노릇이었다. 곰곰이 생각하다 이렇게 말했다. "좋습니다. 그러나 이렇게 돌아갈 수는 없습니다. 제가 일 주일간 일을 하고 난 후 생각이 바뀌지 않으시면 그때 돌아가겠습니다." 그는 그 말을 듣고 허락했다.

그 후 열심히 그 농장에서 일했다. 일주일 후 그는 함께 일을
해보자고 했다. 농장 일은 몸이 무척 고된 일이었다. 그 생활에 적
응하기 위해 무던히도 노력했다. 일본어로 된 젖소 농장 관련 책이
있었는데 심심할 때면 그 책을 읽었다. 전문적인 용어는 이해가 어
려웠지만 흐름을 파악하기에는 무리가 없었다. 목장 주인은 그것
이 신기했던지 내게 일어를 할 줄 아느냐고 묻기도 했다. 3개월간
을 일하다 임금이 박한 것은 둘째 치더라도 몸이 버텨내지 못해
그만두게 되었다. 그리고 서울로 다시 올라갔다. 서울에서는 고물
상에 취직해 일을 이어나갔지만 쇠약해진 몸은 그 일조차도 거뜬
히 해내지 못했다.

교도소에서 이어진 단식과 자연스레 허해진 몸을 추스르는 데
미처 신경 쓰지 못했던 결과였다. 몸으로, 내 힘으로 무언가를 해
내 보이겠다는 다짐은 약해진 몸과 함께 약해져만 갔다.

결국 출소한 지 6개월 만에 다시 교도소에 들어가고 말았다. 이
번에는 내게 보안감호까지 붙었다. 보안감호는 10년짜리와 7년짜
리가 있었다. 죄가 많기 때문에 10년짜리 감호가 붙으리라고 짐작
했다. 지방법원에서 감호 10년, 징역 5년을 선고받았다. 고등법원
에 항소했고, 결국 감호 10년, 징역 3년 6월을 최종 언도받았다.
여러 차례 교도소에 들락거렸지만 감형을 받은 것은 처음이었다.
이에는 이유가 있었다.

두 장소에서 범행을 했다. 한 곳은 남·여 대학생 둘이 사는 집
이었다. 남학생은 서울대학교에 다니고 있었고 여학생은 이화여

자대학교에 다니는 학생이었다. 겁을 잔뜩 먹은 여학생에게 나는
절대 해치지 않을 테니 안심하라고 진정시킨 후 내게 돈만 주면
나가겠다고 했다. 그 여학생은 동생과 자기는 둘이 자취를 하며 살
고 있기에 돈이 없다고 하면서 만 오천 원을 내밀었다. 그 돈을 받
고 나오려 하니 그 여학생이 지금은 통금 시간 해제가 안 되었으니
해제 시간이 되면 나가라고 하였다. 그것이 이야기할 수 있는 계기
가 되었다. 대화를 이어가다 교도소에서 장영달과 지내며 다시는
범죄하지 않겠다 약속한 것까지 술술 털어놓게 되었다. 솔직하게
내 마음속에 있는 이야기를 하고 놀라게 만들어 미안하다고 사과
도 하였다.

그 여학생은 자기 아버지에게 이야기해 취직시켜 줄 테니 다시
는 이런 짓을 하지 말라고 나에게 부탁했다. 그러나 나는 그것을
받아들일 수 없어 거절했다. "내가 만일 그곳에 취직했다 사고를
내면 어떻게 하려고 하느냐?" 출소할 때는 성실하고 착실하게 살
겠다고 했지만 결국 약속을 또 지키지 못했다.

어찌 이것이 나만 겪는 일이겠는가? 출소한 자들이 겪는 흔한
일이 아닌가? 더욱 안타까운 것은 교도소에서 생각한 좋은 생각들
이 사회에서는 자신도 모르게 연기처럼 사라진다는 것이다.

교도소에서 출소한 재소자들이 자기 행동에 대한 반성 없이 출
소한다고 흔히 생각한다. 그러나 그렇지 않다. 그들도 항상 그릇된
행동을 하지 않으려 노력하지만 언행일치가 쉽지 않다. 오죽하면
예수님이 "마음에는 원이로되 육신이 약하도다(마 26:41)" 하셨

을까? '육신'의 유혹과 충동은 이 '마음'의 선한 의지를 무참히 짓밟아버릴 수 있다. 이것이 바로 인간이 지니는 유약함이다. 예수님은 닥쳐온 자신의 어려움(십자가 죽음)보다 훨씬 덜한 제자들의 어려움마저 염려하셨다. 마음은 원하지만 육신의 약함을 지닌 인간은 당면한 시험에 무너진다. 육신을 극복하기 위해서는 "깨어서 기도하는" 길뿐 다른 대안은 없다.

내심 알고 있었는지도 모른다. 출소자 신분으로 당당히 살아가는 일이 교도소에 있을 적에는 유일한 희망이지만 막상 출소 후에 보면 그 희망은 황무지에서 꽃 한 송이를 찾는 것처럼 조금도 확신할 수 없는 신기루였다. 그러나 이후 성경에서 그 답을 찾게 되었다. 바로 "깨어 기도하는 것"이다. 유혹과 충동이 왔을 때 행동보다 기도를 우선하는 것이다.

또 어느 아파트 가정집에 들어갔는데 나는 거기서 75만 원을 훔쳐서 나왔다. 본시 도둑질만 하려고 했으나 아무리 찾아도 돈을 발견할 수 없어 나도 모르게 부엌의 칼을 가지고 안방에 들어갔다. 그리고 잠을 자는 부부를 깨우고 돈을 달라고 했다. 그들은 경대 위에 있는 봉투를 가리키면서 그것뿐이라고 했다. 그 봉투를 가지고 나왔다. 나와서 봉투를 열어보니 현금 35만 원과 수표 10만 원권 넉 장이 있었다. 수표 4장은 주인에게 돌려주었다. 감형 이유가 된 수표 4장에 대해 곰곰이 생각해 보았다. 그러나 나 또한 알 수 없었다. 이는 마음이 급하다고 칼을 드는 나의 성격과 항상 되돌아오는 후회가 빠르게 일어났기 때문이 아닌가 싶었다. 나는 후회할 일을 알면서도 쳇바퀴 돌 듯 같은 행동을 벗어날 수 없었다. 그저 이러한 반성과 괴로운 마음이 감형 이유가 된다는 것이 복잡한 심경이었다. 재판장은 "징역 5년은 범행에 적당한 형량이지만 여러 가지 이유를 보아 상습적인 범행으로는 보이지 않으므로 상습을 범행에서 제외시키겠다"고 하면서 징역 3년 6월을 선고했다.

　여하튼 좋은 판사를 만나 징역 3년 6월, 감호 10년을 선고받았다. 감호는 2년마다 심사가 있었다. 첫 심사에는 떨어질 가능성이 많지만 두 번째 심사에는 패스가 되어 감호기간이 감축된다고 생각했다. 그런 계산 아래 앞으로 7년 6개월간 무언가 확실한 것을 붙잡지 못하면 이 굴레에서 벗어나지 못한다고 생각했다. 더구나 문제수로 낙인이 찍혀 있었기 때문에 조금 잘못해도 처벌이 심할 것이라고 생각되었다. 그래서 수형 생활에서 정말 조심스럽게 생활했다. 조심스레 생활을 지속하는 동안 수형 생활에서 벗어나야 한다는 생각뿐이었다. 일련의 사건을 겪으면서도 결국 사회와의 끈을 놓아버릴 수는 없었다. 교도소로 몇 번이고 되돌아오는 생활보다도 괴로운 것은 사회에서 바르게 잘 살아보려는 열망, 그 바람이 끊어지지 않는 것이다. 하지만 그것은 내가 어떻게 해야 되는지 해답이 없는 수수께끼였다. 선고받은 후 상고를 했지만 대법원에서 기각당했다. 그리고 대전으로 이송됐다.

　교도소에서 수감생활을 하는 문제수는 가, 나, 다급으로 나눈다. 가급은 중구금실에, 나급은 일반 독방에 수용되고, 다급은 다른 재소자와 함께 지내면서 감시를 받는다. 원래 목포에서 가급 문제수였으나 삼청 훈련을 잘 받았기 때문에 나급으로 내려왔고 출소하면서 다급으로 더 내려갔다. 대전교도소에서 다급 문제수였다. 따라서 다른 수용자와 함께 거할 수 있었다. 감호를 받은 처지이기에 조용하고 조심스럽게 생활했다. 내가 있는 방에는 감호자들이 4, 5명 있었다. 처음에는 감호자들끼리 잘 생활했다.

그러던 어느 날 대전이 고향인 감호자와 무의탁 감호자가 바둑으로 내기를 했다. 대전이 고향인 사람에게는 영치물로 들어온 우유비누가 있었는데 무의탁 감호자가 자기가 가진 인삼비누와 바꾸자고 했으나 그가 응하지 않자 내기 바둑을 두게 된 것이다. 결국 무의탁 감호자가 이겨서 대전이 고향인 감호자의 것을 전부 따버렸다. 무의탁 감호자는 조금 미안했는지 그중 절반을 주겠다고 했지만 대전이 고향인 감호자는 이를 받아들이지 않고 한쪽에서 투덜거리다 둘이 티격태격하게 되었다. 그런데, 내가 여기에 껴들어 한마디 한 것이 사고의 발단이 되었다.

대전이 고향인 재소자에게 "싸우지 말고 말로 해라"고 했다. 평소에 나를 형이라고 불렀던 그는 내게 대뜸 "니가 뭔데 나서냐?"라고 말하는 게 아닌가. 화가 난 나머지 발로 찬다는 것이 그의 코를 때려 코뼈가 부러졌다. 이상하게도, 사고가 있을 때마다 코와 관련이 있었다. 처음으로 교도소에서 징벌을 받았을 때도 상대의 코뼈가 부러졌었다. 그리고 순천에서는 내 코가 부려졌었는데, 이번에도 역시 코뼈가 부려졌다. 그 일로 보안과에 끌려갔는데, '원수는 외나무다리에서 만난다'고 조사한 보안계장은 목포에서 나에게 상당히 시달림을 받던 사람이었다. 피해자가 처벌을 원하지 않는다고 했지만, 보안계장은 나에게 징벌 1개월을 주었다. 내가 잘못한 것이니 누구를 탓하랴. 아무 말 없이 그 처벌을 달게 받겠다고 하면서 징벌 1개월을 살았다. 처벌이 작다고 생각하며 감사했다.

이제는 공부를 해야겠다

징벌 기간 동안 많은 생각을 했다. 이대로 간다면 결코 다람쥐 쳇바퀴 도는 듯하는 생활에서 벗어날 수 없다고 생각했다. 나도 모르게 교도소 안의 물결에 휩쓸려 내려가는 나를 보며 자괴감도 들고 그런 내가 안타깝기조차 했다.

'이래서는 안 된다. 이제 앞을 향해 달려나가야 한다. 그런데 지금 난 제자리걸음만 하고 있지 않은가. 이 교도소 생활을 끝장내기 위해서는 무언가 확실하게 붙잡아야 된다. 이를 위해서는 목표를 정하고 그 목표를 향해 달음질쳐야 한다. 무엇보다 배워야 한다. 배워서 나의 생각을 바꾸고 새롭게 살아야 한다. 이대로 두면 휩쓸려서 둥둥 떠내려가고 말 것이다. 목표에 도달하기 위해서는 계획적인 생활을 해야 한다. 더구나 문제수이기 때문에 교도소 측과 자연스러운 대화를 나눌 수 있는 위치도 아니다. 교도소의 스케줄에 따르면 결국 세월이 흐르는 동안 아무것도 하지 못하고 허송 생활을 하고 출소할 수밖에 없다.

그다음은 생각 안 해도 뻔한 이야기다. 나의 길을 가야겠다. 처음에는 교도소 측과 다툼이 있을 수 있겠지만 내 마음을 그들이 알게 된다면 그들도 나를 도와줄 것이다. 진정한 나를 찾는 것이 필요하다'

　　마음을 다잡고 보니 혼거방에서 다른 재소자들과 함께 생활하면서 나를 찾아 내 길을 간다는 것은 무리라는 판단이 들었다. 혼자 있어야 한다는 결론에 이르렀다. 징벌 1개월이 끝나는 날 보안계장에게 독방생활을 신청했다. 물론 내가 그걸 제안했다고 해서 바로 들어 줄 것이라곤 생각하지 않았다. 보안계장은 내 말을 다 듣지도 않고 일언지하 거절했다. 재소자가 바른 사람이 되기 위해서 공부를 해야겠다고 마음먹는 것이 잘못이냐고 따지며 도와달라고 사정했다. 나의 간절한 요청에도 불구하고 그는 절대로 안 된다고 했고, "들어줄 때까지 밥을 먹지 않겠다"며 단식을 시작했다. 그러나 단식 하루 만에 징벌방에서 중구금실로 옮겨졌다. 중구금실은 독방보다 더 작았다. 누우면 방이 꽉 찼다. 그리고 창문도 없었다. 완전히 폐쇄된 곳으로 앞에 철문과 밥이 들어오는 식구통만 있을 뿐이다. 그곳에서 가만히 누워 있지만은 않았다. 밤 12시 정도 되면 철문을 발로 차면서 "재소자가 사람이 되려고 독방을 달라고 하는데 왜 주지 않느냐?" 하고 고래고래 소리를 질러대며 시위했다. 이번만은 기필코 내가 결심한 걸 이루어야겠다고 다짐했다.
　　어떤 책에서 이런 말을 읽은 적이 있었다. 사람에게는 세 가지 마음이 있다고 한다. 이 세 가지 마음이 하나로 통합된다면 꿈은 이루어진다. 첫째는 초심이고, 둘째는 열심이고, 셋째는 뒷심이다. 세상만사는 마음먹기에 달려있다는 말도 있지만, 우리는 살아가면서 참으로 많은 결심을 한다. 학생이 공부할 때도 그렇고, 비만인 사람이 다이어트를 할 때도 그렇다. 제일 먼저 필요한 것은 마음을 다잡고 결심하는 것이다. 그렇다고 결심한 일이 다 이루어지는 것은 아닌데 그 이유는 초심을 잃어버리기 때문이다. 초심 속에는 목표를 이루기 위한 열심과 목표를 이룰 때까지 밀고 가는 뒷심이 담겨있다. 결국 초심만 잃지 않는다면 꿈은 이루어질 것이다.

마침내 교도소 측과의 싸움에서 이겼다. 단식 열하루 만에 독방으로 들어가게 되었다. 나의 징역보따리는 간단했다. 면회도 없고 서신 연락도 없었기 때문에 소지 물품이 별로 없었다. 서울에 있을 때 같은 방에 있는 사람들에게 부탁해서 얻은 내복 두 벌 그리고 런닝 세 벌, 양말 두서너 켤레, 약간의 세면도구 그리고 역시 서울에 있을 때 같은 방에서 지내던 동료가 사다 주었던 영어책(안현필의 영어실력기초), 성경책, 바둑책 한 권이 전부였다.

독방에서 성경책을 읽거나 영어 공부를 하면서 한 일주일간 운동도 나가지 않고 지냈다. 그런데 앞방에서 자꾸 통방 신호(재소자가 수용되어 방문에 밥을 넣어주는 사각형 구멍이 있는데 그 구멍을 통해 앞방과 통화할 수 있다)가 왔다. 그는 긴급조치 위반으로 들어와 있는 학생이었다. 그는 시간이 날 때마다 나와 통방하기를 원했다. 처음에는 모르는 척했지만 여러 번 부르기에 그 대학생과 서로 통방을 했다. 그랬더니 그 학생이 운동시간을 맞추어 이야기 좀 하자고 했다. 그가 운동을 나갈 때, 나도 함께 운동을 나갔다. 물론 이렇게 시간을 맞추는 것은 쉬운 일이 아니지만 그동안 독방에 와서 조용하게 지냈기 때문에 담당 교도관도 나의 부탁을 들어 주었다. 일반 재소자들에게는 30분 정도의 운동시간을 주지만 독방에서 사는 사람들에게는 1시간의 운동시간을 허락된다. 담당 교도관이 좀 후하면 1시간 30분을 운동시간으로 할애받기도 했다.

그 대학생과 운동시간을 맞추어 운동장으로 나갔다. 나를 만난 그 대학생은 "왜 독방에 들어왔습니까?"라고 물었다. 나의 과거를 간단하게 얘기해주면서 "다람쥐 쳇바퀴 돌 듯 교도소를 들락거리는 생활을 끝장내기 위해서는 나의 생각을 바꾸어야 하는데, 그러기 위해서는 배워야 한다고 생각했고, 그래서 무언가 배우기 위해서 독방에 들어왔습니다"라고 대답했다. 그러자 그는 뜻밖의 말을 던졌다.

"형님의 생각은 매우 건실하고 좋습니다. 그렇게 생각하신 것은 참으로 잘한 일입니다. 그러나 형님의 생각은 이루어지지 않고 공상으로 끝나고 말 것입니다." '나보다 나이도 어린놈이 건방지게!'라는 생각도 들었지만 "왜? 그런가?"라고 되물었다. "형님의 생각은 좋으나, 그 생각이 현실로 나타나기 위해서 필요한 단계, 곧 구체성이 빠져 있습니다. 어떤 목표에 다다르기 위해서는 구체적인 계획의 단계가 필요합니다. 그 구체적인 계획 수립의 단계가 빠지면 아무리 좋은 생각도 공상이 되어버립니다."

공감이 되었다. 출소할 때마다 바르게 생활하겠다고 마음을 먹었다. 그러나 번번이 실패했다. 그렇다고 해서 내 결심이 약했다고 생각하지는 않았다. 결심은 굳었지만 번번이 실패를 한 이유가 바로 구체적인 계획이 없었기 때문이 아니겠는가? 나뿐만 아니라 다른 재소자들도 출소할 때는 다시는 교도소에 들어오지 않겠다고 다짐을 하고 교도소 문을 나선다. 그러나 그런 다짐과 달리 재범을 하고 교도소에 들어오는 경우가 많다. 자기 잘못으로 교도소에 들어와 놓고 자기 운명은 그렇게 정해진 것이라고 한탄을 한다. 구체적인 계획을 세우지 않기 때문에 다시 교도소로 들어오게 되는 것이다. 설사 조금 구체적인 계획을 했다 해도 상황이 어려워지면 초심을 잃어버린다. 그 대학생의 말은 나에게는 큰 깨달음으로 다가왔다. 그에게 "그러면 어떻게 해야 합니까?"라고 물었다. 그는 곧바로 "교도소에는 검정고시반이 있지 않습니까? 검정고시반에 들어가서 체계적으로 공부를 하시고 계획을 짜십시오"라고 대답해 주었다.

"검정고시반이라고요? 내가 독방에 들어오는 데에도 열하루 동안 단식을 하고 겨우 들어왔는데, 그 사람들이 저를 검정고시반에 들여보내 주겠습니까? 누가 면회를 오지도 않고 서신도 없는 사고뭉치인데 말입니다."

"왜 매사를 부정적으로 생각합니까? 긍정적으로 생각하고 되는 쪽으로 밀어붙이십시오." 그는 이렇게 말하면서 나에게 마태복음 14장 22-36절에 나오는 예수님의 물 위를 걸으신 기적 이야기를 들려주었다. 그는 베드로의 신앙을 본받아야 한다고 했다. 다른 제자들은 예수를 바라보고 '유령'이라고 부정적으로 말했으나 유독 베드로만큼은 예수를 보고 "만일 주시어든 나를 명하사 나를 물 위로 오라 하소서"라고 말한다. 이 말은 긍정적인 신앙에서 나온 말이다. 기독교 신앙은 긍정적인 신앙이다. 이 이야기는 예수께서 적절한 시기와 상황에 맞추어 신앙 훈련을 시키신 이야기이기도 하다. 그 대학생은 내게, 베드로를 위시한 제자들은 무수한 실패와 시행착오를 거듭한 연후에야 비로소 굳건한 신앙으로 서게 되었다는 말을 해주었다. 실패를 한 번도 하지 않은 사람은 한 번도 도전해보지 않은 사람이라는 식이었다.

이 이야기는 다음과 같은 교훈을 나에게 주었다. 첫째, 예수는 모든 피조물에 대한 절대 주권을 갖고 계시는 만유의 주 하나님이시다. 둘째, 예수는 당신을 믿고 나오는 자들에게 차고 넘치는 은혜와 초월한 능력을 부여해 주신다. 셋째, 예수는 세파에 찢겨 상처받은 영혼을 찾아가시고 손을 내밀어 구원하신다. 주님의 부드러운 손길은 나의 연약한 심령을 붙들어 주실 것이며 안전한 곳으로 인도하실 것이다.

> 여호와여 나의 발이 미끄러진다 말할 때에 주의 인자하심이 나를 붙드셨 사오며 내 속에 생각이 많을 때에 주의 위안이 내 영혼을 즐겁게 하시나이다(시편 94편 18-19절).

검정고시에 필요한 어떤 것도 가지고 있지 않다고 그에게 말했

다. 무의탁 재소자였던 내가 검정고시반에 들어간다? 내 생각으로
는 불가능했다. 그러나 그는 불가능하다고 생각하기 전에 먼저 그
문제에 대하여 충분히 생각했는지 그리고 그 문제 해결을 위해 얼
마나 노력했는지 생각해보라고 권유했다. 노력하지도 않고 먼저
포기해버리는 것은 자신에 대해 부정적인 태도라고 했다. 노력하
지 않는 사람에게 기회는 오지 않는다고 강조하면서 기회는 저절
로 오는 것이 아니라 바로 자기가 만드는 것이라고 덧붙였다.

그는 자신이 고등학교 시절에 사용했던 책이 있는데 면회 오는
사람에게 그것을 가져오라고 요청해서 나에게 전해주겠다고 했
다. 그러면서 자기가 현재 가지고 있는 수학 정석, 국어, 영어, 국
사 교과서를 내게 주겠다고 했다. 운동시간이 끝난 후 네 권의 책
을 받았다. 나중에 알았지만 그는 내가 단식할 때부터 내가 왜 그
렇게 소란을 피우는지 사방소지(교도소에서 사방청소와 방 안에 있
는 재소자들에게 식사를 넣어 주는 재소자)에게 물어보았다고 한다.
여하튼 그로부터 네 권의 책을 그렇게 받았는데, 그가 약속했던 나
머지 책들은 받지 못했다. 왜냐하면 그로부터 일주일 후에 청송교
도소로 이송되어 왔기 때문이다.

참으로 긍정의 힘은 대단하다. 언제가 '따뜻한 하루'에서 읽은
글이 생각난다.

삶을 괴롭히는 '고질병'에 점 하나 찍으면 '고칠 병'이다. 또, 연약하고
작은 마음(心)에 굳건하고 당당한 신념의 막대기 하나를 꽂으면 무엇

이든 반드시(必) 할 수 있다가 된다. 내가 아직 시도해 보지도 않고 불가능(Impossible)하다고 여기는 일이라도 점 하나(apostrophe: ')를 찍으면, "나는 할 수 있다(I'm possible)"가 된다. 나의 현재는 물론 미래까지 검게 짓누르는 '빛'에 점 하나를 찍어보면 나의 앞날을 하얗게 밝혀주는 '빛'이 된단다. 꿈은 어느 곳에도 없다(Dream is no-where)고 생각되는 인생이라도 단 한걸음의 띄어쓰기만으로 꿈은 바로 "여기"에 있다(Dream is now here)고로 바뀐다. 부정적인 것에 찍는 긍정의 점은 다른 곳이 아닌 마음에 있다. 절망을 희망으로 바뀌는 그 하나의 획은 바로 나의 선택이다. 사람의 마음은 불가능한 것도 한순간에 가능한 것으로 만들 수 있는 힘이 있다. 청력을 잃은 베토벤이 그 후에도 수많은 걸작을 작곡할 수 있었던 것은 그의 마음 속에 할 수 있다는 긍정의 점이 있었기 때문이다. 이와 같이 긍정의 힘은 대단하다. 점 하나가 긍정의 힘이라는 말이다.

청송교도소 검정고시반

1983년 3월, 대전교도소에서 청송교도소로 이송을 왔다. 그리고 독방에 배정되었다. 청송교도소에는 순천교도소와 목포교도소에서 알고 지내던 교도관들이 있었다. 9동 하층에 배치되었다. 청송교도소에 온 후 처음으로 참석한 예배에서 담당 목사님은 "In Jesus I can. 주님은 여러분을 사랑하십니다. 여러분 이 교도소에 있을 때, 꿈을 꾸십시오. 그러면 주님은 그 꿈을 이루어주실 것입니다"라는 설교를 했다. 소름이 끼쳤다. 꿈을 잃지 않으면 꿈이 이루어질 것이라는 목사님의 말씀이 나의 마음에 새겨졌다.

내가 사동(사방)에 배치된 지 얼마 지나서 검정고시반 모집 공고가 났다. 물론 나도 신청을 했다. 그런데 신청자 대부분은 차출되어 검정고시반으로 갔으나, 나와 징역 10년을 받은 사람은 제외되었다. 왜 제외되었는지 알고 싶어서 교무과장 면담 신청을 했다. 교무과장은 검정고시반에는 들어갈 수 없다고 말했다. 그래서 만일 그렇다면 공부할 수 있도록 집필 허가를 내 달라고 했으나 그것도 거절되었다. 재소자가 사람이 되기 위해서 공부를 하겠다고 하는데 왜 그것을 막느냐고 항의했으나 교무과장의 태도는 완강했다. 사방으로 돌아오자마자 단식을 시작했다. 일근(아침 8시 출근해서 6시 퇴근)을 하고 있던 9동하 담당 교도관이 들어오더니 내가 단식을 하는 것을 보고 이렇게 말을 건넸다.

"난 당신을 좀 다르게 보았는데 실망이 크다. 당신이 해 볼 수 있는 일을 다 해보고 투쟁하는 것이 옳지 않느냐? 이렇게 막무가내로 투쟁을 하는 것은 옳지 않다. 교무과장이 안 된다고 했다면 소장을 만나보아라. 그렇게 하고서도 안 되면 투쟁을 해라. 그때는 내가 당신을 도와주겠다."

그다음에 그는 소장에게 면담보고전을 써 주겠다고 했다. 그러나 그것은 있을 수 없는 일이라고 생각하면서 "당신이 소장에게 보고전을 써 준다고 해도 그것이 통과가 될 리가 없지 않느냐?"라고 되물었다. 재소자가 보고전을 통해 소장을 만났다는 얘기를 여태

껏 듣지 못했기 때문에 그렇게 말할 수밖에 없었다. 그러나 그는 "사방 담당 교도관이 소장 보고전을 내면 소장은 결과 여부를 반드시 담당 교도관에게 통보해야 한다는 규정이 있으니 그 결과가 어떻게 되는지 보고 나서 투쟁을 하라"라고 나를 타일렀다. 그의 말을 믿기로 했다. 그리고 점심때부터 다시 밥을 먹기 시작했다. 담당 교도관은 내가 보는 앞에서 소장 면담보고전을 썼다. 결과는 곧바로 나왔다. 주임교도관이 내게 와서 왜 소장 면담보고전을 냈느냐고 물었다. 그래서 공부를 하고 싶어서 검정고시반에 보내달라고 했는데 교무과장에게 묵살되었고 그래서 소장에게 하소연하려고 면담보고전을 냈다고 대답했다. 그러나 주임 교도관은 그런 이유만으로는 소장을 면담할 수 없다고 말했고 어쩔 수 없이 그냥 감방으로 돌아왔다. 그러나 그 담당 교도관은 주임 교도관에게 나에 관한 상세한 이야기를 한 것 같았다. 그때 검정고시반에 들어가기 전에도 틈이 나면 열심히 공부하고 있었던 중이었다.

하루가 지났다. 순천이나 목포에서 근무했었던 교도관들이 나에 대해서 이야기를 한 것 같았다. '저놈은 건들지 않으면 괜찮지만 한 번 건드리면 누구도 막을 수 없는 놈'이라고 그들이 말했다는 소식이 내 귀에도 들렸다. 다음 날 담당 주임(교위)이 와서, 소장 면담은 어렵지만 공부는 할 수 있도록 해주겠다고 했다. 검정고시반으로 가서 생활하며 공부하는 것은 불가능하지만 독방에서 공부하는 교실까지 통학하는 것은 가능하다고 했다. 더는 반대만 하고 있을 수는 없어서 집필이 허가된다고 했으며, 나도 그 조건에 만족한다고 했다. 집필이 허가되지 않으면 만년장판(두꺼운 종이에 청색 천으로 덮고 마가린을 바른 후 그 위에 비닐을 덮어 글을 쓰는 판)을 만들어서 공부해야 한다.

그 결정이 있었던 다음 날 담당 교도관이 검정고시에 필요한 책을 사서 왔다. 공부하려고 마음먹었다면 한 번 열심히 해보라고 했다. 이후부터 담당 교도관은 나를 보살펴 주었다. 그의 이름은 한익수이다. 7년 6개월 동안 그는 나에게 책과 공책을 사다 주기도 했고 영치금도 넣어 주었다. 내가 실의에 차 있었을 때 나에게 용기를 북돋아 주기도 했는데, 나 때문에 부인으로부터 이혼하자는 말까지 들었다고 한다. 이 지면을 빌어 한익수 교도관에게 감사의 말을 전하고 싶다. 보통 교도관은 매우 권위적이어서 상하가 분명하게 구분된다. 아래 사람은 윗사람에게 결코 대들지 못한다. 그러나 한익수 교도관은 할말을 다하는 사람이어서 교도관들 사이에서도 좀 특이한 사람으로 통했다. 독실한 그리스도인이기도 했던 그는 자기가 옳다고 인정하면 상급자에게도 어김없이 자기 의견을 말하는 그런 사람이었다. 그는 하나님이 나에게 보내어 준 하나님의 사자였다. 그 덕분에 그때부터 공부에 매진하기 시작했다. 하루에 잠을 4시간 정도만 자면서 열심히 공부했다. 4당 5락이라고 했던가?

검정고시에 무난히 합격하다

검정고시반에 들어간 지 한 보름 정도 지났을까? 검정고시반
에서는 8월에 있을 시험을 치를 만한 자격이 있는 사람들을 골라
내기 위해 자체적으로 시험을 보았다. 이 시험을 통과해야만 검정
고시를 볼 수 있는 자격을 받을 수 있었다. 경비교도대원들이 선생
님의 역할을 맡았는데 그들은 쟁쟁한 경력의 소유자들이었다. 서
울대를 졸업하고 경영대학원까지 졸업한 사람, 수학능력평가에서
325점을 맞은 사람, 사법고시 일차에 합격하고 입대한 사람, 연세
대 토목과 재학 중에 온 사람까지 실력이 대단했다. 나는 그들로부
터 많은 도움을 받았다. 그들은 나를 도와주기 위해서 여러모로 애
를 썼다. 자체 시험에서 68점을 얻어 30명 중 2등을 차지했다. 검
정고시를 볼 수 있는 자격을 얻었다.

그런데 문제는 내가 문제수라는 것 그리고 면회도 편지도 오지
않는 사람이라는 것이었다. 교도소 측에서 봤을 때에는 자체 평가
에서 2등 한 사람을 내보내지 않는다는 것 또한 문제가 될 수 있었
다. 담당 교화사(따로 시험을 봐서 채용되는 6급 교정공무원으로서 재
소자들의 교화를 담당)는 나를 내보내기 위해 세 번이나 서류를 올
렸다. 그러나 보안과장은 번번이 거절했다. 이 교화사는 나를 꾸준
히 관찰해 온 것 같았다. 나중에 얘기를 듣자 하니, 그는 내가 공부
하는지 공부하지 않는지 보기 위해서 수시로 검정고시반에 들렀
는데 그때마다 책과 씨름하고 있는 나를 보았다고 한다. 자신의 눈

으로 나의 공부 모습을 확인했기에 그는 적극적으로 보안과장에게 요청할 수 있었다.

그 교화사는 보안과장에게 내가 과거에 타 교도소에서 어떻게 지냈는지 모르지만 지금 여기에서는 누구보다도 열심히 공부하고 있으니 검정고시를 볼 수 있도록 내보내 달라고 요청했다. 후일에 교도소 선교를 하던 중 안양교도소 교무과장으로 있는 그분을 만난 적이 있다. 당시 그는 보안과장의 승낙을 받지 못하자 서류를 들고 소장에게 올라가 반드시 나를 검정고시를 보러 내보내야 한다고 건의를 했다고 한다. 소장은 그의 얘기에 수긍하면서도 이 일은 보안과장 소관이므로 다시 한번 보안과장에게 사정해보라고 했다고 한다. 그래서 그는 보안과장을 다시 찾아갔다. 그러자 보안과장은 "좋다. 그러면 이 재소자를 누가 계호(재소자가 사방을 떠나 이동할 때 동행하는 것)할 것인가?"라고 물었고, 그는 "제가 책임지고 하겠다"고 대답했다. 이러한 우여곡절 끝에 마침내 8월 2일 검정고시를 보러 나갈 수 있었다. 책임감이 강한 교도관들을 청송교도소에서 많이 보았는데 이 교화사도 그중 한 사람이었다.

내가 검정고시를 보러 나간다고 하니 경비교도대 선생님 중 한 사람은 이번 말고 내년 4월 시험에 나갔으면 좋겠다는 말을 건넸으나 어렵사리 승낙을 받았기에 이번에 일단 시험을 치르겠다고 했다. 열심히 공부하긴 했으나 내가 이번에 합격하리라고는 생각하지 않았다. 당시 외국어는 선택과목이었는데 일본어를 선택했다. 일본어는 어느 정도 자신이 있었기 때문이었다. 5월 25일에 검정고시 공부

를 시작한 8월 2일 시험에서 평균 72.9점의 점수로 당당히 합격했
다. 수학에서는 커트라인에 해당하는 40점을 받았다(지금은 평균
60점이면 합격하지만 그 당시에는 평균이 60점을 넘어도 40점이 되지
못하면 합격하지 못했다).

학력고사반에 들어가기 위한 경쟁

기묘한 것은 내가 첫 교도소 생활을 하기 직전인 1967년 3월에
영등포 검정고시학원에 들어가 공부하여 시험을 치렀는데 시험
날짜가 8월 2일이었다. 당시엔 한 과목도 합격하지 못했는데 청송
교도소에서 재소하면서 치른 시험에서는 전 과목 합격 통지를 받
은 것이다. 나 자신이 그때만큼 대견하게 여겨진 적이 없었다. 이
후 교도소로 돌아와 지구과학 시험을 보았는데 100점을 받았다.
당시 문제의 출제는 서울대를 졸업한 경비교도대가 맡았다. 경비
교도대의 한 친구는 나에게 서울대를 목표로 공부를 했으면 좋겠
다고 했다. 자기가 교무과장에게 적극적으로 추천을 해 줄 테니 그
렇게 목표를 세우라고 했다. 그러나 사실 당시 나의 실력은 대학
문턱에도 들어갈 수 없는 실력이었다. 그의 말을 듣고 지나간 학력
고사 기출문제를 풀어보았는데 320점 만점에 120점도 나오지 않
았다. 그러니 대학은 꿈에도 생각지 못할 일이었다.

어림없어 보이는 일이었지만 나름대로 열심히 공부하기 시작

했다. 청송교도소에서 재소 중 대학 시험을 치르려고 했으나 후견인도 없고 면회나 서신 연락도 없었던 터, 내가 출소해서 대학에 다닌다는 보장이 없다는 이유로 학력고사를 보지 못했다. 그 서울대 출신 선생님은 교무과장에게 지금 시험을 치러도 연세대나 고려대에 들어갈 수 있다고 말했고 교무과장도 소장에게 내가 교도소 안에 있으면서 학력고사를 볼 수 있도록 건의를 했다. 그러나 그 건의는 거절되고 말았다. 속이 너무 상했다. 그때 내가 가만히 기다리고 있었더라면 내가 제2 감호소로 갔을 때, 학력고사 반에 들어가기가 수월했을 것이다. 그러나 내가 성질이 너무 급했기 때문에 교무과장에게 과도하게 항의하다가 결국 중구금실에 들어가게 되었다. 중구금실에는 대도 조세형, 영등포교도소 탈옥수 2명 그리고 삼청교육대에서 넘어온 장기수 5, 6명이 있었다. 그들은 거의 10년 이상의 징역형을 받은 사람들이었다.

바로 그즈음 삼청교육대에서 난동을 부리다가 7년 징역형을 받은 재소자가 교도관의 구타로 의해 죽는 사건이 벌어졌다. 사실 그는 혈압이 좀 높아서 매일 의무과에서 약을 타다 먹던 재소자였다. 중구금실은 사방이 막혀 있어서 답답하기에 거기에 거주하는 재소자들은 바람도 쏠 겸 매일 의무실을 가려고 했다. 그런데 그날 해당 교도관은 그 재소자를 혼내 주기 위해서 폐방(출역을 마치고 방으로 들어와 5시 이후엔 다시 나가지 못함) 후에 의무과에 보내 줬다고 하면서 데리고 나갔다. 그러나 그가 간 곳은 의무과가 아니라 8동 하 지하실이었다. 그곳에서 그는 가혹 행위를 당했는데, 지하실과 8동의 지하실은 복도 하나를 사이에 두고 있어서 7동에 있던 사람들이 그의 고함소리와 신음소리를 들었다 했다. 그는 오후 2시경에 불려 나갔는데, 6시경에 돌아왔다. 자기 방까지 들어가지 못하고 동료의 등에 업힌 채 다른 방으로 들어갔다. 그는 결국 동료의 등에 업혀 새벽 7시경에 병원으로 가던 중 차 안에서 사망하고 말았다.

참으로 있을 수 없는 일이 벌어진 것이다. 사실 교도소에서는 교도관의 사적인 감정 때문에 벌어지는 일이 종종 생긴다. 교도관은 기분이 나쁘면 자기 멋대로 행동하면서 '네놈들이 아무리 떠들어보아야 네놈들 이야기를 들어줄 사람이 없다'고 말하곤 했다. 더욱이 누구 하나 면회 오는 사람이 없는 나 같은 재소자에게는 법보다 자기들에게 편한 방법을 사용하여 목적한 바를 이루고 나중에 이를 법과 짜 맞추어 합리화하는 경우가 너무도 많았다. 이 사건도 그중 하나였다. 그 재소자가 죽은 지 사흘 지난 후에 이유도 없이 보안과에 호출되었다. 그곳에는 주임 교도관이 먼저 와 있었는데 나에게 글이 쓰여 있는 종이를 보여주면서 거기에 지장을 찍으라고 했다. 지장을 찍으면 나를 내보내 줄 것이라고 말했다. 학력고사를 볼 수 있도록 내보내 준다는 내용이 담긴 문서인 줄 알았는데, 나중에 알고 보니 그것은 구타 사건으로 죽은 사람이 혈압으로 죽은 것이라고 진술하는 문서였다. 교도소 측에서 나를 위증의 대상으로 삼은 것은 첫째로 내가 무의탁재소자라는 점, 둘째로 내가 그들과 연관된 일이 없다는 점 그리고 셋째로 내가 교도소 측에 학력고사를 보게 해달라고 사정해야 하는 위치에 있었다는 점 때문이었을 것이다. 그 문서가 진술서라고는 꿈에도 생각하지 못했다. 당시 학력고사를 볼 수 있도록 해달라고 단식을 하던 중이었다. 나는 큰 실수를 했다. 그의 사인이 구타가 아니라 혈압이 원인이라 진술하고 말았다. 여하튼 그 일이 있고 나서 중구금실에서 나왔다.

7동에서는 죽은 사람과 관련하여 교도소 측과 조세형을 비롯한 영등포구치소 탈옥수와의 다툼이 있었다. 그런데 한 일주일 후에는 삼청교육대에서 형을 받은 사람 모두가 7동에서 나와 8동으로 전방되었는데 그들은 하루 종일 운동장에서 테니스도 치고 자유롭게 행동했다. 사실 재소자의 운동시간은 정해져 있는데 많아야 1시간이다. 그런데 그들은 온종일 운동장에서 운동했다. 어떤 교도관도 그들을 나무라지 않았다. 알고 보니 그들은 교도소 측과 타협을 했었다. 교도소 측에서는 아무 말하지 않으면 교도소 생활을 편하게 하겠다고 제안한 것이었다. 그런데 조세형과 영등포교도소 탈옥수들은 그 타협에 끝까지 반대하면서 진실을 밝히겠다고 주장했다.

9동 하에서 지내고 있던 나는 7동 하에 있는 조세형과 영등포교도소 탈옥수들이 어떻게 지내는지 궁금했다. 그래서 그들을 보기 위해 일부러 학력고사 치루는 문제를 거들먹거리며 항의를 해서 다시 중구금실에 들어갔다. 7동의 사정은 완전히 변해 있었다. 1번 방에서 10번 방까지는 비어 있었고 영등포교도소 탈옥수들은

10번 방 이후에 있었으며 조세형은 7동의 제일 끝방에 있었다. 그 사방 앞에는 담당 교도관 이외에 조세형만을 담당하는 교도관이 따로 있어서 그를 지키고 있었다. 조세형과 영등포교도소 탈옥수들은 진실을 밝히려고 계속 노력했으나 성공하지 못했고 후일에 출소할 때까지 중구금실에 있었다. 나는 감호 10년을 받았기 때문에 형기를 마친 후에도 출소하지 못하고 다시 청송 제1 감호소로 가야 했다. 그때가 1985년 3월이었다.

이제 싸움보다는 대화를

제1 감호소로 넘어오면서 이제는 투쟁보다는 설득의 방법을 사용하기로 했다. 좀 시간이 걸리더라도 내가 왜 공부를 해야 하는지를 설득하리라고 마음먹었다. 감호를 받은 사람은 2년마다 심사를 받는데 이 심사를 통과하면 출소하게 된다. 학력고사반에 넣어달라는 나의 요청은 일언지하 거절되었다. 내가 다른 교도소에서 행한 일들을 그들은 다 알고 있었기 때문이었다. 다행히 사방 법무교도관은 내가 순천교도소에 있을 때 알고 지내던 교도관이었다. 그 교도관은 보안과장이나 소장에게 갈 보고전은 써 주기 어렵지만 교무과장에게는 얼마든지 얘기해 줄 수 있으니 나보고 걱정하지 말라고 했다. 학력고사는 교무과장의 책임 영역이었다. 한 달에 한 번 교무과장 면담을 신청했다. 그러나 교무과장을 면담하지는 못하고 교회사(敎誨師)만 만날 수 있었다. 교회사(지금은 교도관과 교회사를 함께 교정공무원으로 뽑지만 그 당시는 교도관과 교회사를 따로 뽑았다. 그리고 교회사는 교무과에서 재소자들 교화에 힘을 썼다)에게 학력고사 반에 넣어달라고 했으나 역시 거절되었다. 지금 운영 중인 학력고사반도 없어질 예정이라고 했다. 열한 번이나 교무과장 면담 신청을 했으나 교회사만 만나고 올 때가 태반이었다. 그리고 그때마다 동일 이유로 학력고사반에 들어갈 수 없다는 답변만 들을 뿐이었다.

그런데 11월 중순 무렵 학력고사를 보러 나가지 않는다는 조건을 걸고 학력고사반에 들어갈 기회를 얻었다. 교회사에게 이렇게 말했다. "좋습니다. 내가 공부를 해서 서울대에 들어갈 실력이 되면 그때 보내 주십시오" 교회사는 아무 말도 하지 않았다. 이제 내가 이곳에서 학력고사를 보러 나갈 수 있는 유일한 방법은 서울대에 들어갈 수 있는 실력을 갖추는 것뿐이었다. 그렇다. 어떤 어려움이 닥쳐와도 희망의 끈을 놓지 않는다면 반드시 기회가 올 것이다.

학력고사반에 들어가니 예전에 교도소에서 같이 생활했던 사람들도 더러 있었다. 열심히 공부했다. 대학도 들어갈 수 없는 실력자가 서울대를 목표로 했다고 하니 다들 웃기는 일이라고 비웃었지만, 그런 일에 상관하지 않았다.

학력고사반에 있는 사람들이 출소하거나 제2 감호소로 넘어가면서 학력고사반에는 나 혼자만 남게 되었다. 교무과 소속 교회사는 "이제 너만 남아있다. 그러니 출역을 하라"고 하면서 출역을 강요하기 시작했다. 있는 힘을 다하여 버티었다. 교무과에서는 나를

출역시키기 위해서 아예 나에게 필기도구도 주지 않은 적도 있었
는데 그럴 때마다 나도 강경하게 나갔다.

"나를 이곳에서 내보내려면 나를 죽이기 전에는 힘들 것이다."

제1 감호소에도 목포나 순천교도소에서 근무했던 교도관들이
있었기 때문에 나에게 섣불리 압력을 가하거나 물리적 행동을 하
지는 않았다. 하나님은 나의 과거를 이렇게 사용하시면서 길을 열
어 주셨던 것 같다. 나의 과거의 행동이 반드시 옳다고는 말할 수
없으나 그런 행동의 전력 때문에 내가 청송감호소에서 공부에 전
념할 수 있는 환경이 조성되었다는 점을 말하는 것이다. 하나님을
믿는 사람에게는 모든 것이 합력하여 선을 이룬다는 성경 말씀은
바로 나에게 적용되는 말씀이었다.

학력고사반에서 무척 열심히 공부했다. 밤잠을 다 자지 않았
다. 편하게 누워서 자본 적도 없었다. 벽에 기대어 고개가 아플 때
까지 앉아서 잠을 자다가 목이 아파서 잠이 깨곤 했다. 잠이 깨면
세수를 했다. 책상도 없어 라면 박스를 강력접착제로 붙여 책상을
만들었고 때로는 그 책상에 엎어져서 자곤 했다. 그토록 공부에 매
진하고 있었지만 나의 앞길은 캄캄했다. 학력고사를 보도록 나를
내보내준다는 말이 전혀 없었기 때문이었다. 하지만 1%의 가능성
만 있다면 그쪽을 선택하리라고 마음먹었다. 내가 희망을 포기하
지 않는 한 희망은 여전한 것이라고 생각했다.

상황은 열악해졌다. 저녁 10시만 되면 야간 근무교도관은 잠
을 자라고 짓궂게 성화를 부렸다. 그가 그렇게 하는 것은 당연했

다. 원래 재소자들은 저녁 9시만 되면 잠자리에 들어야 하는데, 잠을 자지 않고 있으니 교도관이 볼 때 골칫덩어리였다. 행여나 간부 교도관이 순시라도 오면 잠을 자지 않고 있는 내가 문제가 될 수 있기 때문이다. 근무를 돌던 교도관이 나에게 잠을 자라고 지적하면 알았다고 말해놓고 그가 지나가면 공부를 계속했다. 자꾸 못하게 하면 자는 척하다가 다시 책을 들고 공부를 했다. 마침내 그들을 이겼다. 아니, 하나님이 그렇게 만드셨다. 그렇게도 공부를 못하게 성화를 부린 교도관이 한 달 정도 지나자 자정이 되면 라면을 끓여주기도 하면서 격려해주기 시작한 것이다. 그는 나의 처지를 이해하고 있었다. 사실 그 교도관도 9급 행정공무원 시험을 준비하고 있었던 것이었다. 그는 나와 함께 영어 공부를 했다. 그는 교도관으로 근무하면서 치른 시험에 낙방하자 사표를 썼고, 다음 해 7급 행정직에 도전하여 당당히 합격했다는 말을 전해 들었다. 그렇다. 기독교는 바로 모든 것이 주님 안에서 이루어진다는 긍정의 신학이다. 바로 긍정적인 사고가 성공할 수 있는 비결이다.

청승 그만 떨고 방에서 나와 출역하라고 말하곤 했던 동료 재소자들은 운동시간에 몰래 빵과 음료수 그리고 세면도구를 갖다주면서 나의 공부를 도와주었다. 그래서 독방에 있었지만 외롭지 않았다. 나를 응원하는 사람들이 있는 한 끝까지 가리라고 굳게 마음먹었다. 그렇게 공부한 지 1년이 되었을 때, 내 실력이 어느 정도인지 가늠할 수 있는 계기가 찾아왔다. 1987년도 대학 입학을 위한 학력고사가 있었던 10월 25일, 사방 법무 담당 교도관에게 부탁을 하나 했다. 내 실력이 어느 정도인지 확인할 수 있게 해달라고 했다. 그의 허락을 받아 다음 날인 10월 26일에 당시 학력고사 문제를 풀어보았다. 경비교도대원이 시간을 확인하고 독방에서 시험을 보았다. 그런데 뜻밖에 성적이 좋았다. 320점 만점에 260점을 받았다. 이를 지켜본 법무 담당 교도관은 나에게 와서 자기가 추천해 줄 테니 한 번 열심히 공부해보라고 격려해주었다. 그리고 교무과장에게 이를 보고하여 교무과장의 승낙도 받은 것 같았다. 마침내 담당 교도관으로부터 다음 해 학력고사를 보러 나갈 수 있다는 말을 들었다. 그 말을 듣고 얼마나 기뻤던지. 문이 조금씩 열리는 것 같았다. 암흑 속에서 빛이 한 가닥 비치는 듯한 느낌이었다. 더 열심히 공부했다. 그런데 다음 해 학력고사에서는 단답형뿐만 아니라 주관식도 출제된다는 소식을 들었다. 혼자 어떻게 준비를 해야 할지 몰랐다. 그저 지금까지 해 왔던 대로 열심히 하는 수밖에 없었다.

그런데 예상치 못한 일이 벌어졌다. 지금 생각해 보면 하나님은 아마도 내가 준비가 덜 되었기 때문에 더 준비하라고 시간을 더 주셨던 것 같다. 6월 즈음 학력고사를 보러 나가게 해준다고 약속했던 교무과장이 다른 곳으로 전근을 가버린 것이다. 그리고 다른 교무과장이 왔다. 독방에 수용되어 있었기 때문에 교도관들의 변화에 신경을 쓰지 못했다. 오로지 공부만 했다. 잠을 자지 못해서 나의 눈은 항상 뻘겋게 충혈이 되어 있었다. 의무과장은 나에게 계속 그렇게 공부만 하고 있으면 눈이 멀고 말 거라 경고했지만 이번에 기회를 잡지 못하면 차라리 아무것도 보지 못하는 장애인이 되는 것이 차라리 낫다고 생각했다. 8월에 체력장 시험이 있어서 새로 온 교무과장과 면담을 하게 되었는데 그는 금시초문이라고 말했다. 그는 내가 학력고사반에 있다는 사실조차도 몰랐다. 다시 암흑으로 들어가는 것 같은 기분이었다. 그러나 어두운 밤 다음에는 반드시 새벽이 온다. 새벽은 준비하고 있는 사람에게 기회를 준다.

교무과장에게 올해 학력고사 후 내 실력이 서울대에 갈 수 있다고 여겨지면 보내 달라 요청했다. 나로서는 억울한 일이었지만 그렇다고 포기할 수는 없었다. 내가 서울대에 들어갈 수 있는 실력이 되면 교도소 측에서도 반드시 나에게 기회를 주리라고 믿었다. 대전에서 나를 도와주었던 그 대학생의 말대로 모든 것을 긍정적으로 생각하고 되는 쪽으로 생각하려고 했다. 교무과장에게 학력고사 후 확인 좀 하게 해달라고 부탁했다. 교무과장은 학력고사를 보러 나가게 할 수는 없지만 확인하는 일은 가능하다고 했다. 학력고사가 끝난 후 그 문제지를 가지고 문제를 풀어보았다. 이번에는 265점을 받았다. 교무과장도 놀라는 듯했다. 그는 내게 열심히 한번 해보라고 했다. 학력고사를 보러 내보낸다고 약속은 할 수 없지만 곧 출소할 수 있는 기회가 오지 않겠는가, 출소해서 보면 되니 열심히 공부하라고 말해주었다. 다시 빛이 보이는 것 같았다. 공부만이 나를 절망의 구렁텅이에서 구해줄 것이라는 믿음을 가지고 나는 온 몸을 던져 열심히 공부했다.

재소자 신분으로 치른 학력고사

하루는 어떤 재소자가 나를 찾아왔다. 자기도 공부를 하고 싶다면서 학력고사반에 들어갈 수 있도록 힘 좀 써 주었으면 좋겠다고 했다. 그에게, "학력고사 반에 들어오는 것은 내가 이렇다 저렇다 말할 수 있는 것이 아니다. 다만 당신이 공부할 수 있도록 담당 교도관에게 요청하여 독방에 들어오게 할 수는 있다"고 말했다. 당시 담당 교도관과 상당히 친밀한 관계에 있었다. 담당 교도관에게 사실을 말했고 그는 나의 부탁을 들어주었다. 나와 뜻을 같이하는 동료가 생겼다는 사실에 좀 힘이 되었다. 그도 나와 같이 사고무친, 면회도 접견도 오지 않는 사람이었다. 그래서 내가 가지고 있던 참고서와 문제집을 주었다. 그걸 가지고 그는 상당히 열심히 공부하는 것 같았다. 모의고사에서 상당히 좋은 점수를 받곤 했다. 그 해 치른 시험에서 내가 만일 서울대에 합격을 했더라면 그도 역시 대학에 진학을 했을지 모른다. 그러나 내가 서울대에 떨어졌기 때문에 그에게는 기회가 주어지지 않았다. 그에게 미안해했지만 그는 내게 항상 감사해했다. 후일에 그는 출소해서 남영동 역앞 학원에서 영어를 가르친다는 말을 전해 들었다. 좋은 일은 이렇게 전파력이 큰 것인가 보다. 그래서 옛 성인들은 덕불고(德不孤)라고 하지 않았을까.

한편 청송교도소에서 검정고시 전국 수석을 한 사람이 나왔었는데 마침 그가 내가 있던 제1 감호소로 이송되어 왔다. 그와 함께 학력고사 준비를 했다. 8월에 체력장 시험에 등록했으나 재소자 신분으로 실제 시험에 응시할 수는 없었다. 아쉽긴 했으나 등록했다는 이유만으로도 체력장의 기본점수인 15점을 받을 수 있었다. 그때까지 학력고사를 보러 나갈 수 있다는 확답을 교도소로부터 듣지는 못했다. 교무과장은 10월 모의고사에서 280점 이상을 받으면 내보내 주겠다고 했다. 우리는 열심히 공부했다. 그리고 10월 모의고사에서 279점을 받았고 검정고시 전국 수석을 한 사람은 281점을 받았다. 마침내 우리는 학력고사를 볼 수 있는 기회를 얻어내고야 말았다! 서울대 사회복지학과에 지원서를 냈고, 그는 연세대 의과대학에 지원서를 냈다.

입학원서를 쓸 즈음 청송교회 진정수 목사님으로부터 세례를 받았다. 당시 진 목사님을 통해 서울대 말고 연세대 신학과 시험을 봐서 합격하면 4년간 학비와 장학금을 대 줄테니 연세대 신학과 시험을 보는 것이 어떠하겠느냐는 제의를 받았다. 그런데, 내가 힘들고 어려울 때는 나 몰라라 하던 사람들이 지금이라도 이렇게 하라 저렇게 하라 하는 것이 못내 섭섭하기만 했다. 그들의 제의를 거절했다. 그런 사람들의 도움 받지 않고 독학을 해서라도 반드시 학교를 졸업하리라고 생각했다. 그리고 서울대 사회복지학과에 지원을 했다.

입학시험장소에 나를 데리고 간 사람은 교도관이었고, 검정고시 수석을 한 사람을 데리고 간 사람은 교도소 소장을 역임한 후 목회를 하셨던 이정찬 목사님이었다. 그때 이정찬 목사님을 처음

보았다. 그는 연세대학교 신학과를 졸업하고 교도소 교무과장으로 지내다가 행정고시에 합격하고 교도소 소장을 지낸 후 은퇴하여 퇴직금을 털어서 출소자를 위해 "담안선교회"를 만들어 출소자의 재활을 위해 온 힘을 쏟으신 분이다. 교정 선교의 아버지라고 불릴 정도로 재소자의 재활에 온 힘을 쏟으셨다.

서울에 도착하여 형수 집에 머물렀다. 형님의 큰딸도 대학 시험을 보는 중이었다. 서울에 도착한 뒤에 수소문하여 장영달에게 전화를 걸었다. 당시 장영달은 민주당 부대변인으로 일하고 있었다. 그는 몹시 반가워하며 서울대에 시험 보러 나온 것을 축하한다고 말하면서 꼭 시험에 합격하라고 격려해 주었다. 그러나 그의 격려에도 불구하고 우리 둘 다 시험에 떨어졌다. 정말 오랜 기간 몸부림치며 공부하고 준비했는데 그 결과는 실패였다. 학력고사 최종점수가 275점 정도 되었던 것 같다. 참으로 참담했다. 학력고사 후 곧바로 제2 감호소로 이송되었다. 제1 감호소 바로 옆이었다.

그런데 그곳에서 내가 예전에 제1 감호소에서 있을 때 나와 함께 나를 위해 금식기도를 해준 재소자 기독교 회장을 만났다. 그는 자신은 곧 출소할 것이라고 했다. 어떻게 신원증명서와 취직보증서를 구했느냐고 내가 물었더니, 그는 한 교도관이 제2 감호소에서 취업보증서와 신원보증서를 자기도 모르게 해주고 갔다고 말했다. 그래서 얼마 전에 검찰에 다녀왔고 이번 달에 나간다고 했다. 전에 그가 했던 말, '하나님이 내보낼 때가 되면 자기는 나갈 것'이라는 말이 생각났다. 하나님은 이렇게 역사하신다.

대학에 실패하고 실의에 빠져 있었다. 나 같은 놈이 대학은 무슨 대학인가 하는 생각으로 낙담하고 있는데, 나에게 7년간 영치금을 넣어 주고 책을 사다 주었었던 한익수 교도관이 나를 만나러 제2 감호소로 찾아왔다. 그리고 어디서 구했는지 후기 학력고사 문제를 가지고 와서 한번 다시 확인하자고 했다. 확인하니 275점이 나왔다. 한익수 교도관은 한번 실패했다고 포기해서는 안 된다고 말하며 다시 공부하라고 격려해주었다. 이제 나를 위해서가 아니라, 그렇게 나를 격려하고 위로해 주는 그를 위해서라도 공부를 해야겠다고 작심을 했다. 나 때문에 부인과 이혼까지 할 뻔했던 그분, 참으로 잊을 수 없다. 그래서 다시 책을 들고 공부를 했다. 1989년에는 시험을 보지 못했는데 그 이듬해 1990년 2월에 드디어 출소하게 되었다.

5장

빵잽이에서
늦깎이 대학생으로

마지막 출소

1990년 2월, 약 7년 6개월간의 감호를 마치고 출소했다. 수중에 돈 한 푼 없이 출소한 청송감호소에서 나왔다는 증명서 덕분에 기차를 공짜로 탈 수 있었다. 첫 범죄로 6개월, 2범째 10개월, 3범째 1년, 4범째 3년, 5범째 3년, 6범째, 징역 3년 6개월 감호 4년, 총 15년 8개월을 교도소에서 보냈다. 참으로 긴 세월이었다. 1972년 3월 7일에 처음으로 교도소에 들어갔고 마지막으로 출소한 것이 1990년 2월 초였는데 그 기간 사이 이른바 사회생활은 겨우 4년 4개월밖에 하지 못했다. 전과자가 사회에 잘 적응하지 못하는 이유가 여기에 있는 것 같다. 출소하는 날 오랜 시간을 돌고 돌아서 이제는 제자리에 섰다는 느낌을 받았다. 이 모두가 하나님 은혜다.

전라북도 임실의 집에 도착하니 오랫동안 병고에 시달린 어머님이 계셨다. 어머니는 나를 보시고 "병천아, 그래도 내가 너를 보

고 죽을 수 있어서 좋구나"라고 말씀하시면서 활짝 웃으셨다. 웃으
시기야 했지만 그 웃음은 나의 마음을 아프게 했다. 조금 있으니
임실교회에서 집사님 몇 분이 찾아오셔서 어머니를 위로하면서
"이제 아드님이 오셨으니 기쁘시죠? 다 하나님의 은혜 덕분입니
다. 하나님에게 감사기도를 해야 해요"라고 말했다. 어머니가 뇌
진탕으로 쓰러지시고 임실교회 교우들이 돌아가면서 어머니의 병
간호를 했다는 말을 들었다. 그것이 어머니에게 큰 힘이 되었다고
어머니는 말씀하셨다. 물론 어머니의 몸이 완전히 나은 것은 아니
었다. 나를 알아보시기는 했지만 어머니는 거동 자체를 힘들어하
셨다. 어머니에게 미안한 마음을 감출 수 없었다. 어머니를 붙들고
있으면서 어머니에게 더는 불효하는 자식이 되지 않겠다고 마음
속으로 다짐했다.

고향 집에서 한 달 동안 곰곰이 생각했다. 지금부터 내가 할 일
이 무엇인가. 답은 명확했다. 그간 교도소에서 준비해 왔던 대학입
시를 치르는 것이었다. 이를 위해서는 공부를 해야 했다. 대학입시
공부를 위해 서울로 올라왔다. 나를 본 형수와 동생은 처음에는 나
를 기쁘게 맞이해 주었다. 그러나 내가 공부를 하겠다고 하자 내
생각과는 정반대의 반응을 보였다. 형수는 "나이 마흔에 공부는 무
슨 공부냐? 운전이나 배워서 돈을 벌어 장가나 일찍 갔으면 좋겠
다"고 하셨다.

그때까지 물결 따라 흘러온 인생이었다. 이제는 물결 따라 흘러
가는 인생이 아니라, 내가 주인이 되는 인생을 살아야 한다고 생각

했다. 교도소에서 못다 이룬 꿈을 사회에 나온 지금 반드시 이뤄내야겠다고 생각한 동생 집으로 갔다. 동생은 혼자 맨몸으로 사업을 해서 성공했다. 부천에서 공장을 가지고 사업을 하고 있었다. 동생에게도 같은 말을 했지만 동생도 마찬가지였다. 형이 운전을 배운다거나 하면 도와주겠지만 공부를 한다면 자기로서는 어쩔 수 없다고 말을 했다. 마침 학원에서 연락도 있고 해서 동생이나 형수에게 도움을 청해 학원에 다니면서 서울대 사회복지학과에 다시 도전하고 싶었다. 그러나 가족들이 모두 다 반대하니 나도 어쩔 수 없었다. 다시 고향으로 내려왔다. 정말 앞이 깜깜했지만 힘을 내어 갱생보호소로부터 생활보조금으로 받은 15만 원으로 한샘 가정학습지를 신청하고 공부를 시작했다. 하지만 낮에는 거동이 불편한 어머니를 돌보아야 했기 때문에 아버지가 농사일을 마치고 집으로 돌아와야만 공부를 시작할 수 있었다. 밤과 낮이 바뀌었다. 낮에는 어머니를 돌보고 밤에야 공부를 했으니 성적이 잘 나올 리가 없었다. 일 년 동안 내 나름대로 열심히 했다고 하지만 한샘 가정학습지로 모의고사를 보아도 260점에서 270점 밖에 나오지 않았다. 이런 실력으로는 서울대에 들어갈 수 없다고 생각한 서울대를 포기하고 연세대를 지원하기로 했다.

신학과로 인도하신 하나님

임실교회의 집사님들이 어머니의 병문안을 와서 공부하고 있는 나를 보고 격려해주기도 했다. 이처럼 어디서나 하나님이 사람들을 통하여 나를 돌보고 있다고 생각하니 무엇보다도 힘이 되었다. 교도소 안에서도 그리고 출소 후 사회에서도 하나님께서 나를 돌보고 있다고 생각이 들자 내가 가야 할 길을 결코 포기할 수 없었다. 대학에 진학하여 진정한 나를 발견하고 싶었다. 연세대 사회사업과에 지원했다. 좋은 성적으로 합격해서 장학생으로 학교에 다닐 생각이었다. 장학금이 있어야만 대학을 다닐 수 있는 형편이었다. 그런데 하나님은 그런 나에게 시련을 안겨 주셨다. 사회사업과에 지원했는데 거기는 낙방하고 제2지망이었던 신학과에 합격이 된 것이었다. 재수해서라도 다시 도전하고 싶은 마음이 굴뚝같았으나 그렇게 할 만한 주변 환경이 허락되지 않았다.

사실 입학시험 후 무척 방황했던 같다. 정말 내가 합격할까? 그리고 합격하면 대학교에 다닐 수 있을까? 걱정이 되었으나 다른 방법이 없었다. 아침마다 무릎을 꿇고 하나님께 기도를 드렸다.

"주님 도와주십시오. 이번에 합격하면 반드시 교도소에 있는 재소자들이 하나님 품으로 돌아올 수 있도록 주님의 종이 되겠습니다."

간절한 기도 덕분이었는지 연세대학교 신학과에 합격했다. 1지망은 아니었으나 그래도 대학에 합격하여 학교를 다닐 수 있다는 사실에 정말 기뻤다. 하나님께 감사의 기도를 올렸다.

둘째 동생이 80만 원을 주면서 등록금에 보태라고 했다. 막내 동생이 나머지를 채워주었다. 겨우 등록금이 마련되어 입학 수속을 마쳤다. 그러고 나서 장영달에게 전화를 걸어 연세대 신학과에 합격했다고 알려 주었다. 그는 매우 기뻐하면서 축하해 주었다. 그리고 한 번 만나자고 하였다. 다음 날 국회의원 출마로 매우 바쁜 중에도 그는 나를 만나주었다. 그리고 내 이야기를 여론에 알리면 좋겠다고 말했다. 그러나 아직 마음의 준비도 되지 않았고 전과자가 대학에 입학한 것을 가지고 여론에 알리는 게 왠지 꺼려진다고 말했다. 하지만 그의 생각은 달랐다. 대학 입학은 나에게도 좋은 일이지만 교도소에서 생활하는 재소자들에게 희망을 불어넣어 줄 만한 일이 될 것이니 그렇게 하자고 나에게 권유했다. 결국 나도 그의 의견에 동의하여 국민일보사의 한 기자와 만나게 되었다. 1991년 1월 3일 자 신문에 나에 관한 기사가 실려 내 이야기가 세상에 알려졌다. 그리고 KBS 아침 뉴스에도 내 이야기가 소개되었다. 나의 이야기가 세상에 알려지자 주간지 「레이디 경향」에서 인터뷰를 요청하여 인터뷰하기도 했다.

입학식 날, 어떤 사람이 나를 찾아왔다. 바로 한익수 교도관의 부인이었다. 그녀는 나에게 축하 인사를 건네주면서 나 때문에 이혼까지 할 뻔했다는 말을 들려주었다. 많은 사람이 나에 대해서 나쁘게 말하는데 유독 자기 남편만 나를 좋게 생각하고 매월 영치금을 넣었으며 내게 줄 책을 사러 청송에서 안동까지 다니는 것이 못마땅하기도 했다는 것이었다. 그녀의 마음을 충분히 이해했다. 그녀는 남편의 생각이 옳았다고 말하면서 나에게 훌륭한 목사가 되기를 소망한다고 했다. 헤어지면서 책을 사서 보라고 일금 10만 원까지 주고 갔다. 감격스럽고 고마웠다. "한익수 씨 그리고 사모님 정말 감사했습니다."

하나님, 감사합니다

항상 하나님께 감사의 기도를 드렸다. 무엇보다도 부모님이 살아계실 때 내가 출소할 수 있도록 도와주신 하나님께 감사의 기도를 드렸다. MBC 「아침의 창」에 출연한 적이 있는데 그 방송을 보고 4년간 학비와 생활비를 주겠다는 어느 기업가가 나타났다. 홀로 가기가 뭐해서 장영달과 함께 그분을 찾아가 만났다. 그분은 아침에 출근하다가 내가 나온 프로그램을 보았다고 했다. 그분은 내가 이제 사회에 도움을 주며 살아가는 것을 보고 싶다고 말씀했다. 그리고 그 자리에서 등록금과 생활비 100만 원을 주셨다. 세상에는 이런 고마운 분도 계셨다.

대학에 들어가니 모든 것이 새로웠다. 나를 이상한 눈초리로 보는 사람도 있었지만 그보다 많은 사람이 나를 도와주었다. 나의 이야기가 방송을 탔기 때문에 나에 대해서 다들 잘 알고 있으리라 생각했지만, 그것은 나의 오산이었다. '도둑질한 놈이 제 발이 저

린다'고 다른 사람들이 나에 대해 나쁘게 생각하지 않을까 내심 초
조했으나 대부분 나를 도와주려 했다. 선배들은 나를 따뜻한 눈으
로 정답게 대해 주었고 동기들은 여러 가지 도움을 주었다. 대학교
에서 책을 들고 공부를 한다는 것이 잘 믿기지 않았고, 그렇게 공
부하게 된 나 자신이 대견스럽게 느껴졌다. 모르는 것이 있으면 나
보다 나이는 어리지만 학교 생활의 경험이 많은 동기들에게 물어
가면서 공부를 했다.

신입생 수련회 때 공개석상에서 나 자신에 관한 이야기를 간략
하게 들려주면서 모든 것이 부족하니 도와달라고 부탁했다. 그렇
게 말하고 나니 마음이 한결 편해졌다. 입학 후 초기에는 내가 강
의실에 들어가면 교수인 줄 생각하던 사람도 있었다. 시간이 흐르
면서 내 주변 사람들은 나를 더 따뜻하게 대해 주었다. 아마도 학
과가 신학과였기 때문에 더욱 그러했으리라. 나를 따뜻하게 대해
준 사람들 덕분에 무사히 대학과정을 마치고 졸업할 수 있었다.

대학 생활 중 여러 곳으로부터 인터뷰를 받았다. 나에 대해서
궁금한 게 많았던 모양이었다. 언젠가 SBS에서 나를 찾는다는 소
식이 들려 이리저리 피해 다녔다. 가능하면 언론은 피하고 싶었다.
그러나 결국 강의실 앞에서 붙잡혀서 SBS에 출연하게 되었다. 어
느 때부터인가 방송을 피하고 싶었지만 어떻게든 나를 찾아내어
인터뷰하고자 하는 사람들에게 안 된다고 냉정하게 말할 수 있는
용기는 없었던 것 같다. 기자들은 정말 끈질기게 쫓아다녔고 그들
을 피할 도리가 없었다.

이런 일도 있었다. 신입생 오리엔테이션이 있던 날 아침, 한 일간지 기자 한 분이 인터뷰하고 싶다고 했는데 싫다고 했다. 그런데 그는 수강 신청 장소까지 찾아와서 자기가 아는 사람이 교도소에 있는 탓에 교도소에 대해 알고 싶어서 그러니 얘기 좀 해달라고 했다. 얘기한 내용을 신문에 내지 않겠다고 말했다. 그래서 인터뷰에 응했다. 인터뷰하고 난 다음 날 장영달과 약속이 있어서 만났다. 그런데 그가 차 안에서 "신문에 병천 씨 기사가 났던데 봤습니까?"라고 말하는 것이 아닌가? 그 기자는 말로는 절대로 기사화하지 않는다고 해놓고 실제로는 내 얘기를 기사화했다.

장영달과의 약속장소는 한빛교회였다. 이곳은 문익환 목사님이 생전에 다니던 교회였는데 문 목사님은 내게 자신이 북한에서 가져온 차를 대접하면서 이렇게 말했다. "병천 씨, 교도소에서 좋은 사람 만난 것 같습니다." 문 목사님이 말하는 좋은 사람이란 다름 아닌 장영달이었다.

전과자들이 재범하는 이유 중의 하나가 사회에 적응하지 못하기 때문이다. 그리고 대인관계가 원활하지 못해 재범의 굴레에서 벗어나기가 쉽지 않다. 교도소 사역을 하면서 재소자들에게 다음과 같이 이야기한다. 절대 자기가 전과자인 것을 속이지 말자. 전과자라는 것을 감추었다가 나중에 조그마한 실수나 잘못을 하는 통에 전과자라는 사실이 드러나면 아무리 이전에 착실하게 일을 했더라도 그것들이 무용지물이 되기 때문이다. 그러나 미리 과거를 밝히고 나면 오히려 도와주는 사람이 있다. 잘못을 저지르지 않고 사는 사람이 어디 있겠는가? 문제는 잘못하고 난 다음 그 잘못에 대하여 어떻게 생각하고 판단하고 행동하느냐가 더 중요하다. 누구나 실수를 하게 된다. 실수하지 않는 것이 중요한 것이 아니라 실수한 다음에 어떻게 생각하느냐가 더 중요하다.

대학교 2학년 재학 중에 어머니께서 소천하셨다. 오랜 병고 끝에 돌아가셨다. 나의 결혼도 보지 못하고 어머니께서 돌아가셨으니 완전히 불효자식이었다. 어머니는 교도소에 있는 자식이 하나님의 품으로 오는 데 결정적 역할을 하시고 돌아가셨다. 내가 교도소에서 조금 일찍 자신을 되돌아보고 정신을 차렸다면 어머니께서는 조금 더 사시고 나의 결혼식도 보셨을지도 모르겠다. 어머니를 생각하면 그저 죄송스럽기만 하다.

2학년 여름방학 때, 4년간 학비와 생활비를 후원해주시겠다고 한 분이 더는 힘들겠다는 소식을 전해왔다. 회사 사정이 매우 어려워졌기 때문이었다. 그동안 도와주신 것에 대해 감사의 인사를 드렸다. 상황이 그렇게 되고 보니 참으로 난처했다. 이제 등록금을 어떻게 할 것인가? 암담했다. 그래서 출판사를 경영하면서 공부를 하고 있던 신학과 선배 이명권에게 나의 애로사항을 말했다. 그는 만일 그렇다면 방학 동안 영어 초벌 번역을 해서 그것으로 학비를 마련하면 어떠하겠느냐고 했다. 그리고 나를 강원도에서 번역 일을 하는 분에게 소개해주었다. 강원도로 가서 그분을 만나 뵙고 내 이야기를 했고 그분은 나에게 일감을 주었다. 이명권 선배는 후에 서강대학교에서 박사학위를 취득했고 중국 연해주에서 교수 생활도 하게 되었다. 지금은 부천에 있는 서울 신학대학교에서 비교종교학을 가르치고 있다. 이처럼 장영달과 다른 지인들의 도움으로 등록금 문제를 해결할 수 있었다. 다음은 거처가 문제였는데 학교에 다니면서도 항상 걱정거리였었다. 그러나 하나님은 치밀하게 모든 것을 준비하고 계셨다.

군포 '하나로'에서

어느 날 학교에서 돌아오는 전철 안에서 주부 두 사람이 "혹시 문병천 씨가 아닙니까?"라며 아는 체를 했다. 그 자리를 피할 요령으로 "사람을 잘못 보셨습니다"라며 자리를 옮기려고 하자 옆에 있던 다른 사람이 틀림없이 맞다며 잠깐 이야기를 나누었으면 좋겠다고 했다. 어쩔 수 없이 그 부인들과 이야기를 나누게 되었다. 그들은 온누리교회에서 교정 선교를 담당하는 사람들인데 교회에서 한 번 뵈었으면 좋겠다면서 교회에 와서 강찬석 집사를 찾으라고 했다. 그래서 약속된 시간에 온누리교회에 가서 강찬석 집사를 만났다. 강찬석 집사는 건축업을 하는 사람으로서 교정 선교를 맡는 사람이었다. 나의 이야기를 들은 강 집사는 자기 집에서 아들의 공부를 도와주면서 생활했으면 좋겠다고 했다. 거처를 찾고 있던 나에게는 더할 나위 없는 조건이기에 그의 제안을 감사하며 받아들였다.

면담이 끝나고 교회를 나오는데 강 집사가 나를 불렀다. 교정 선교의 총 책임을 맡는 목사님이 만나고 싶어 한다는 것이다. 다시 들어가 온누리교회에서 긍휼 사역을 담당하는 이훈 목사를 만났다. 목사님은 강찬석 집사의 집으로 가는 대신에 '하나로'라는 시설로 갈 것을 권유했다. 경기도 군포시에 위치하는 '하나로'는 온누리교회의 긍휼 사역의 '하나로', 학교에 다니지 못하는 청소년들이나 생활이 어려운 사람들을 위해 운영하는 시설이었다. 그래서 부천의 동생 집에서 '하나로'로 이사 가게 되었다. 이것은 하나님께서 치밀하게 모든 것을 준비 주셨음을 깨닫는 계기가 되었다.

'하나로'에서는 여러 가지 사역을 했다. 탁아소도 했고 중등부 공부방도 했다. 청소년들을 위해 검정고시반을 설립했으나 청소년들은 오지 않고 대부분 주부가 참여했다. 검정고시반 1기는 10명 내외로 구성되었으나, 2기에는 40명, 3기에는 100명 가까이 될 정도로 확대되었다. 공간이 비좁게 되어 다른 곳에 강의실을 하나 더 마련해야 할 정도였다. 어디서 소문을 들었는지 서울에서 공부하러 오는 사람도 있었다.

군포 '하나로'에서 참으로 많은 일이 있었다. 어느 날 '하나로'에 짜장면 배달을 온 소년이 주부들이 공부하는 것을 보고 나에게 "저도 이곳에서 공부할 수 있습니까?"라고 물었다. 그리고 소년은 바로 그다음 날 검정고시반으로 찾아왔다. 소년은 부모의 이혼에 충격을 받고 집을 뛰쳐나와 짜장면 배달을 하고 있었다. 그는 배달 일 때문에 수업시간을 다 채우지 못하고 오전 12시에 나갔다. 열심히 공부한 소년은 중졸 검정고시에 합격했다. 그런데 고등학교 검정고시 수업시간에는 그를 볼 수 없었다. 일하면서 공부하는 것이 너무 힘들었기 때문이다. 이훈 목사님에게 소년의 사정을 이야기하며 그를 '하나로'에 있게 해달라고 건의했다. 목사님은 이를 받아들였다. 소년은 '하나로'에 들어와 열심히 공부해서 고졸 검정고시에 합격했고 이훈 목사님의 도움을 얻어 안양대학교 컴퓨터학과에 입학했다. 대학에 진학한 그는 어머니와 화해했다. 그리고 어머니와 함께 살면서 마침내 대학을 졸업했다. 지금 그는 안양 소재 한 컴퓨터 회사에 다닌다. 하나의 기적이었다. 하나님은 철가방 소년을 컴퓨터 전문가로 만드시는 분이다!

또 하나는 어느 개척교회 목사의 아들 이야기이다. 이 아이는 중학교 1학년이었는데, 공부방에 와서 공부를 하는 것이 아니라, 만화책을 보고 있는 경우가 많았다. 그래서 그 아이는 내게 꿀밤을 맞곤 했다. 내가 왜 공부를 하지 않느냐고 물으면 그는 이렇게 대답했다. "실업계 고등학교에 가야 하기에 공부를 안 해도 됩니다. 그러니 너무 간섭하지 않았으면 좋겠습니다." 그러나 "네가 이 '하나로' 공부방에서 있는 한 간섭하지 않을 수 없다. 그러니 이곳에서 내주는 숙제는 반드시 해 와야 한다." 그러나 그는 여전히 숙제하지 않았고 따라서 내게 꿀밤을 계속 맞았다. 그런데 신통한 것은 그 아이가 하루도 빼먹지 않고 '하나로'에 나온다는 것이었다. 나중에는 맞기 싫어서인지 몰라도 숙제를 성실하게 해오기도 했다.

어느 날 2학년 1학기 중간고사를 마치고 그 아이가 숨 가쁘게 달려와 이렇게 말했다. "선생님, 수학 문제를 한 개밖에 틀리지 않았습니다." 그렇게 말하면서 기뻐하던 그 아이의 모습이 지금도 내 눈에 선하다. 그 후론 내가 공부하라고 말하지도 않았다. 그 아이는 (고등학교 입학 모의시험에서) 중학교 3학년 기말고사까지 영어와 수학을 2개 이상 틀려 본 적이 없었을 정도로 열심히 공부했다. 중학교를 졸업하고 그 아이는 자기 말대로 실업고등학교에 들어갔다. 그리고 고등학교 1학년 중간고사에서 영어와 수학을 100점 맞았다고 이메일로 나에게 전해왔다. 그리고 3년이 지난 후, '하나로'에 그가 찾아왔다. 그는 "선생님, 저 대학교에 들어갔습니다. 천안에 있는 기능대학입니다"라고 말하는 것이 아닌가? 그 대학은 등록금도 기숙사도 식비도 모두 국가에서 주는 대학이었다. 그가 지금 어떻게 생활하고 있는지 잘 모르지만 아마도 건실한 사회인으로서 살아가고 있지 않을까 싶다.

대학 생활을 하면서 '하나로' 검정고시반에서 주부를 상대로 가르쳤다. 임시 선생으로 검정고시반도 지도했다. 저녁에는 중등부 공부방을 열어 학생들을 가르쳤다. 이는 모두 자원봉사였으므로 여전히 등록금 문제로 고민하지 않을 수 없었다. 장영달을 찾아가서 부탁하면 지난번처럼 도움을 얻을 수 있지 않을까 싶어서 찾아갔는데, 묘하게도 그는 중국 출장이나 기타 이유로 자리에 없었다. 장영달은 이미 나에게 생활비에 보태 쓰라고 매 학기 100만 원씩 주고 있었고 당시 전주시에서 국회의원으로 당선되어 활동하고 있었다.

장영달 의원을 만나지 못하고 '하나로'로 돌아온 어느 날, 이훈 목사님이 "병천 씨, 등록금 마련했어?" 하는 것이 아닌가. "아니요, 마련하지 못했습니다. 장영달 의원을 만나러 갔는데, 외국 출장 중이어서 못 만났습니다" 그랬더니 이 목사님은 이렇게 말씀하셨다. "누가 문병천 씨 등록금하라고 200만 원을 주고 가셨습니다."

"그래, 하나님은 나를 위해 이렇게 준비해 두셨구나. 절대 하나님은 나를 버리시지 않는구나."

그 생각과 함께 은혜에 반드시 보답해야 한다는 마음이 들기도 했다. 하지만 하나님이 나를 도와주시는 것은 나에게 어떤 보답을 바라시는 게 아니라, 그저 하나님을 신뢰하고 찬양하기를 바란다는 것을 깨달았다. 나의 신앙의 대상은 과거 교도소 생활 중에도 도와주셨고 앞으로도 희망을 주실 하나님, 폭풍이 칠 때는 은신처가 되고 영원한 안식처가 되시는 하나님이다. 그 하나님을, 바람과 바다를 잔잔하게 하시는 예수님을 믿고 찬양한다(막 4:36-41).

삶과 믿음의 반려자를 만나다

대학교 2학년 때, 어느 기독교 신문사와 인터뷰를 하고 난 뒤이다. 서울에서 개척교회 전도사로 일하시는 분이 내게 청혼을 하였다. 나의 과거는 이미 언론에 소개되었기에 숨길 것도 없었다. 그분이 그 신문 인터뷰 기사를 읽고 신문사에 편지를 통해 나와 만나게 해달라는 요청을 했는데 그 편지가 내게 오기까지는 거의 한 달이 걸렸다. 이훈 목사님이 그 편지를 나에게 주시면서 한번 만나보라고 했다. 그러나 나에게 연락을 받지 못하자 인연이 아닌 것으로 생각한 그녀는 다른 사람과 혼담을 주고받는 상황이었다. 그래도 다행히 결정적인 답을 준 상황이 아니었기에 우리는 만날 약속을 하였다. 모든 것을 솔직하게 이야기한 후 선택은 그녀에게 맡겼다.

그녀는 중학교 시절 양친을 여읜 후 재봉 일을 하며 여동생 둘을 돌보고 결혼까지 시킨 성실한 성격의 소유자였다. 그 후 그녀는 신학교에 들어가 공부했고 졸업한 후 어느 개척교회에서 전도사로 일하고 있었다. 그는 어릴 때 소아마비를 앓았기 때문에 걷는 것이 조금 불편했다.

우리는 주로 내가 다니던 학교 앞에서 만나 데이트를 했다. 만남 횟수가 많지는 않았지만 서로 잘 이해했다. 마침내 그녀를 인생의 반려자로 선택하기로 결정했다. 이훈 목사님도 내가 목회를 하게 될 경우 부인이 목회에 대해서 조금은 알고 있는 것이 좋다고 말씀하시면서 신학교를 졸업한 그녀가 내게 좋은 배필이 될 거라고 격려해주셨다. 그렇게 혼담이 오고 가고, 마침내 하나님의 은총 속에서 조촐한 결혼식을 올리게 되었다.

1992년 7월 10일, 온누리교회의 교정 선교부가 주관하여 나의 결혼식을 열어 주었다. 결혼식 경비는 전혀 들지 않았다. 교정 선교부에서 모든 책임을 맡았기 때문이었다. 주례는 이훈 목사님이 맡았다. 장영달 의원, 학교 동료들, 교정 선교부 임원들 그리고 '하나로' 1기생들까지, 많은 분이 와서 우리의 결혼을 축하해 주었다. 우리는 제주도로 신혼여행을 갔다. 한 번도 가보지 않았던 제주도 여행은 내 일생일대의 큰 사건이었다. 그때까지 한 번도 여행을 해 본 적이 없었기 때문에 더욱 그랬다. 지금도 마찬가지이다. 얼마 전에 중국에 있는 동서에게서 한번 오라는 연락이 왔지만 거절했다. 신학대학원 졸업여행도 무료로 갈 수 있었는데 그때도 왠지 가기 싫어 가지 않았다. 아마도 여행하는 것이 두려웠나 보다.

제주도에서 돌아와 우리는 군포 '하나로' 안에 신혼살림을 차렸다. '하나로'의 식구 모두 우리를 반겨주었다. '하나로'에서 새로운 삶을 시작하게 되고 정말 천하를 다 가진 것처럼 기뻤다.

나의 아내는 소아마비로 몸은 좀 불편하지만 신앙 면에서나 생활면에서 나보다 훨씬 강하다. 결혼하게 될 당시 내가 실의에 빠질 때 그녀가 좋은 격려와 위로의 말을 해줄 수 있는 사람이라고 생각했다. 단점이 있음에도 불구하고 항상 웃는 얼굴로 사람을 끌어당기는 매력이 그녀에게는 있었다. 또 고생을 많이 하고 자랐기 때문에 어려움이 있다 해도 그것을 잘 견딜 힘이 있었다.

가족의 가치를 다시금 알아가며

아내는 내게 없어서는 안 될 귀중한 사람이다. 박봉에도 불구하고 한 번도 짜증을 낸 적이 없이 묵묵히 내조한 사람이다. 부모

를 다 잃은 중학교 3학년 때 그녀는 자신이 다니던 교회 목사님으
로부터 양녀로 삼고 싶다는 제안을 받았다고 한다. 그러나 그녀는
자기 몸보다 자기 동생들을 돌보는 일을 더 중요하게 생각했기 때
문에 양녀로 가는 것을 포기하고 재봉 일로 생계를 이어가면서 동
생 둘을 끝까지 책임지고 키웠다. 본래 아내의 가족은 1남 3녀이
다. 그런데 부모가 돌아가신 후 언니는 곧 결혼했고 오빠는 거의
폐인이 되다시피 어긋난 길을 걷기 시작했다. 따라서 어린 동생들
을 교육하고 돌보는 일은 오로지 아내의 몫으로 남았다. 아내는 최
선을 다해 동생들을 뒷바라지했고 자신은 신학교에 들어가 열심
히 공부했다. 동생들은 좋은 가정을 꾸려 살고 있다. 바로 밑 동생
의 남편은 태권도 도장을 운영하고 있고, 막냇동생의 남편은 중국
에서 사업을 하고 있다.

결혼한 다음 해에 드디어 나에게도 딸이 생겼다. 1993년 5월
31일, 아내는 나에게 귀여운 딸아이를 안겨주었다. 이름은 혜림이
다. 처음에는 지혜롭게 살라는 뜻을 담아 혜림(慧林)으로 지으려
고 했으나 이훈 목사님이 하나님의 은혜가 많다는 뜻을 담은 혜림
(惠林)으로 하는 것이 좋겠다고 해서 그렇게 바꾸었다. 그때는
우리가 '하나로'에서 나와 응암동에서 살던 때였다. 아이는 우리가
매우 힘든 시절에 태어났다. 고등학생 1명을 과외하고 있었고 아
내는 재봉 일을 비롯한 여러 가지 부업을 하면서 생계를 꾸려가고
있었다. 마침 응암동에는 그녀가 전도사로 사역했던 교회도 있었고
아내와 신학교에서 함께 공부했던 사람이 섬기던 개척교회도 있어

서 아내가 아는 사람이 많았다. 나의 과외 강사 소득과 아내의 부업
에서 나오는 소득으로 세 식구가 살기에는 정말 빠듯했으나 그처럼
어려운 생활 중에도 혜림이는 무럭무럭 잘 자랐다. 여섯 살 때부터
는 동서가 하는 태권도 도장에 다니면서 태권도를 배웠다. 부천에
살던 처제가 그곳에 집을 하나 지었고 우리는 그곳으로 이사하게 되
었다. 혜림이는 부천에서 초등학교에 입학하여 공부도 매우 잘했다.

　혜림이가 초등학교를 졸업하고 중학교에 들어갔을 무렵 목사
고시를 준비하고 있었다. 목사고시에 한 번 떨어지고 다시 시험을
준비해야 하는 통에 매우 힘들었다. 중학교에 진학한 혜림이를 그
흔한 보습학원에도 보내지 못했다. 그렇다고 내가 직접 아이의 공
부를 도와주지도 못했다. 이런 상황에서 혜림이는 공부보다는 춤
에 더 관심을 갖게 되었고 성적은 곤두박질쳤다. 어느 날 혜림이의
담임선생님으로부터 호출을 받았다. 혜림이의 실력으로는 실업계
고등학교에 진학할 수밖에 없는데 혜림이 자신은 한사코 인문계
에 간다고 고집을 부리니 어떻게 하면 좋을지 내게 물었다. 혜림이
의 의견을 존중해 인문계에 원서를 써주었으면 좋겠다고 선생님
에게 말했다. 결국 혜림이는 자기가 원하는 고등학교에 들어갔다.
중학교 때는 여자들만 다니는 학교였으나 고등학교는 남녀공학이
었다. 고등학교에 들어가서도 혜림이는 공부보다는 춤을 더 좋아
해서 춤 동아리에 들어가 활동을 했다. 혜림이가 춤보다는 공부에
집중하기를 바랐지만 혜림이는 내 생각과는 달랐다. 그렇지만 혜
림이의 성격은 매우 활발했고 그나마 안심이 되었다.

혜림이를 좀 더 적극적으로 도와주지 못한 것이 아쉽고 미안하지만 하나님 섭리의 관점에서 그것을 받아들였다. 인생을 고통의 바다(苦海)라고 한다. 그 이유는 우리가 살아가면서 마음에 상처를 주고받는 일이 많기 때문이다. 누구나 자기 인생에 가시나무가 없기를 바라고 엉겅퀴가 나지 않기를 바란다. 그러나 많은 사람의 인생에는 이미 지울 수 없는 상처와 아픔이 있다. 이 상처와 아픔을 축복으로 바꾸는 일은 바로 하나님을 만나 동행하는 삶을 살 때 가능함을 믿는다.

'저렇게 공부 안 하고 춤만 좋아해서 어쩌나' 하는 나의 걱정과는 달리 혜림이는 숭의대학교 디자인과에 당당히 합격했다. 그리고 무사히 대학을 마치고 지금은 작은 회사에 다니고 있다. 정말 대견하다. 혜림이의 학비만 대 주었을 뿐이고 생활비를 비롯한 나머지는 자신이 아르바이트를 해서 채웠다. 장영달 의원도 한 학기 등록금을 대 준 적이 있다. 혜림이의 선택과 이후의 삶을 보면서 다음과 같은 말씀이 생각난다.

하나님을 사랑하는 자, 곧 그 뜻대로 부르심을 입은 자들에게는 모든 것이 합력하여 선을 이루느니라(롬 8:28).

이 말씀은 나의 삶에도 적용된다. 과거에 많은 잘못을 했지만 그것이 마침내 하나님의 뜻을 이루는 데 사용된다. 예수 안에서 사는 그리스도인은 하나님의 영 가운데 살게 되므로 성령께서 그를 위하여 친히 간구하신다. 그리고 모든 것이 합력하여 선을 이루는 축복을 소유하며 살아간다. 나와 혜림이는 하나님의 은혜로 예수 그리스도 안에 거하는 자들이다. 하나님은 우리 가족에게 풍성한 은혜를 주셨고 앞으로도 주실 것을 믿는다.

"주님 감사합니다. 이렇게 죄 많은 인간에게도 이처럼 훌륭한 삶을 영위할 기회를 주셔서 감사합니다. 주님을 찬양합니다."

'하나로'를 나와 신학대학원으로

대학교 3학년 때인가, 강찬석 장로님이 교회의 한 모임에 안양 교도소에서 출소한 어떤 사람을 데리고 오셨다. 당시 이훈 목사님은 교회 선임 부목사로 자리를 옮기시고 다른 목사님이 교정 선교부를 담당하고 있었다. 강 장로님이 나도 모임에 참석했으면 좋겠다는 말을 하시기에 참석했다. 그 출소자는 무의탁 재소자였기에 교도소에서 매우 힘든 생활을 했다고 했다. 교도소 안에서 무슨 직책을 맡았느냐고 했더니 공장의 기록을 맡았다고 했다. 내가 아는 한, 기록 담당은 재소자들이 맡는 직책 중에 편한 축에 속한다. 그가 거짓말을 하고 있다는 것을 금방 알 수 있었다. 그러나 교도소 상황을 잘 모르는 목사님과 장로님은 빨리 취업을 시켜줘서 마음이 안정될 수 있도록 해줘야 한다고 했다. 반대로 그에게 취직을 알선하기보다는 좀 기간을 두고 그를 관찰해보는 것이 좋겠다고 했다. 그러나 나의 의견은 잘 받아들여지지 않았고, 결국 그는 '하나로'에 머물면서 직장에 다니게 되었다.

한 달쯤 후에 보니 그 사람은 저녁에 늦게 들어올 뿐만 아니라 가끔 술을 먹고 들어오는 경우도 있어서 목사님에게 '하나로'에 있는 동안이나마 규칙적인 생활을 하도록 그에게 규칙을 주는 게 좋겠다고 말씀드렸다. 그런데 목사님은 오해한 것 같았다. 내가 마치 교정사역을 담당하고 싶어서 그런 제안을 하는 것처럼 받아들이신 것 같았다. 분명 그것은 오해였다. 당시 재소자 사역에 대한 생각도 없었고 학교 공부를 따라가기도 힘든 형편이었다. 괜한 오해를 받은 것 같은 기분이 들어서 아내와 의논한 끝에 '하나로'를 나와 독립하기로 마음을 먹었다. 이를 목사님에게 말씀드렸는데 목사님은 내가 '하나로'에서 나가는 것을 반대하셨다. 그러면서 목사님이 교회에 말해서 장학금을 주고 후원회도 마련하도록 할 테니까 '하나로'를 나가지 말라고 하셨다. 그러나 한 번 나가기로 작정을 한 이상 내게 조금 이롭다고 마음을 바꾸는 것은 내 자존심이 허락하지 않았다. 그리고 언젠가는 독립을 해야 할 것이라고 생각해왔기 때문에 지금 나가는 것은 단지 그 시기가 좀 당겨졌을 뿐이라고 생각했다. 결국 그렇게 해서 '하나로'를 나오게 되었다.

내가 '하나로'를 나오자 교회에서는 이런저런 말이 많았다. 배신자라느니, 은혜를 모르는 사람이라느니 하는 말이 들렸다. 좀 서운했다. 내가 다른 일할 곳을 찾아서 나가게 되었다면 그런 소리를 들어도 마땅하지만 그런 것 전혀 없이 맨몸으로 나오게 된 나를 두고 뒷말을 하는 것은 좀 심하다 싶었다. 이훈 목사님을 만나서 사정을 이야기했다. 그리고 담임목사님이신 하용조 목사님이 오해하실 수도 있으니 하 목사님을 만나게 주선해달라고 했다. 그러나 이 목사님은 오해는 시간이 지나면 풀릴 것이니 그냥 두는 것이 좋겠다고 하셔서 목사님의 의견을 따르기로 하고 처제가 사는 응암동으로 이사했다. 과외를 하고 집사람은 다시 재봉틀을 다시 잡았다. 그렇게 사는 게 쉬운 일은 아니었으나 서로 힘을 모으고 서로 위로하면서 열심히 살았다. 그렇게 하면 힘들고 어려운 것도 이겨 나갈 수 있다고 믿었기 때문이었다. 하나님은 이렇게 세세히 나를 인도해 주셨다. 사회경험이 없는 나로서는 주위 선배들의 의견을 믿고 따르는 수밖에 없기 때문이다. 이것이 신앙인으로서 성장하는 계기가 되었다. 오해를 받고 새로운 출발을 할 수 없이 하게 되었으나, 돌이켜 보니 하나님의 섭리였다.

그렇게 대학교 3, 4학년을 보냈다. 4학년 2학기에 진로를 두고 고민하던 중 장영달 의원을 찾아가 한신 대학원에 진학하고 싶다고 했고 장 의원도 찬성했다. 그러나 이훈 목사님은 장로회신학대학원에 가는 것이 좋을 것 같다는 의견을 내놓았다. 다시 장 의원을 찾아갔는데 그는 전주에 있는 목사님들과 의논해 보았다며 장로회신학대학원으로 가는 게 좋겠다고 했다. 마침내 장로회신학대학원에 지원하기로 결정했다. 장로회신학대학원의 입학시험은 다른 곳보다 어려웠다. 내가 시험을 치던 해에 1,500여 명이 지원했는데 그중 절반이 성경시험에서 떨어졌다. 나도 그중 한 명이었

2007년 목사 안수식에서 가족들과 함께

다. 성경 구절을 외우는 게 생각보다 쉽지 않았다. 하지만 어쩌랴?
열심히 공부해서 다시 도전하는 수밖에 없었다.

　다음 해에 성경시험에는 합격했지만 기초 신앙이 부족하니 교
회에서 일 년간 기초신앙을 닦고 오라는 총장님의 말씀을 들어야
했다. 조금은 섭섭했지만 나의 한계를 인정할 수밖에 없었다. 다른
신학대학원에 지원해 볼까도 생각했지만 지인들의 조언에 따라
기다리기로 했다. 결국 다음 해에 장로회신학대학원에 입학을 했
다. 입학과 동시에 이정찬 목사님에게서 전화가 왔다. 먼저 합격을
축하하고 3년간 학비를 대주고 싶어 하는 곳이 있는데 받겠느냐고
했다. 참으로 고마운 말씀이었다. 새까맣게 잊고 있었는데 목사님
은 나를 잊지 않고 기억하고 있었다. 이 목사님이 알려주시는 대로
찾아갔다. 거기는 여전도회전국연합회였다. 하나님은 이렇게 다

마련해두셨구나, 하는 생각이 들었고, 교도소에서 내가 하나님께 약속한 일을 해야 한다는 마음이 더 굳어졌다. 재소자들에게 주님의 말씀을 전하고 그들을 예수님에게 인도하는 일 말이다.

모두 마련해두신 하나님

사람은 머리로 이해될 때 변화되지만 마음에 감동해야 더 큰 변화가 있게 된다. 즉 사람이 움직이려면 마음으로 감동해야 한다는 말이다. 더군다나 남을 감동시키려면 내게 먼저 감동을 해야 할 것이다. 자기가 받은 감동이 자기도 모르게 자기 밖으로 퍼져 나가고 영향을 주기 때문이다. 어떻게 해야 내가 먼저 감동할 수 있을까? 느헤미야 7장 5절에 "하나님이 내 마음을 감동하사"라는 말이 있다. 느헤미야는 자신의 마음을 감동케 하시는 것은 하나님이라고 말한다. 하나님이 느헤미야의 마음을 감동하게 만드셨고 그에게 지혜와 용기와 힘을 주셨다.

먼저 하나님이 나의 마음에 감동하셔야 한다. 마음에 감동이 일어날 때 추진력이 생긴다. 하나님께서 감동하셔서 내가 무엇을 해야 할지 가르쳐 준다는 것은 사람에게 있어서 최고의 축복이다. 우리의 인생은 창조주 하나님의 관점에서 볼 때 사명을 추구하며 살도록 되어 있다. 하나님이 주신 사명을 발견하고 그 사명을 따라 살아갈 때, 우리는 그 사명이 주는 보람을 비로소 깨닫는다. 그럴

때 우리는 진정으로 행복하다. 사명을 따라서 내 삶을 집중해 나가
고 단순화시켜서 목적에 따라 사는 인생이 그리스도인의 삶이다.
내게 주신 사명은 바로 교도소 선교이다. 교도소 선교를 하면서 많
은 보람을 느꼈다. 이 사명에서 이제 떠날 수가 없다.

나는 이미
은혜를 받았다

다시 '하나로'를 찾아가다

교도소는 선교의 황금어장이다. 재소자들은 출소할 때마다 교도소에 들어오지 않겠다고 다짐한다. 다짐에도 불구하고 다람쥐 쳇바퀴 돌 듯 교도소로 돌아오게 되는 것은 그들이 잘못된 가치관을 가졌기 때문이다. 그들에게 좋은 길잡이가 되고 싶었다. 자신이 주장하는 삶이 아니라 주님을 모시고 사는 삶이 얼마나 좋은 것인지를 알려주고 싶었다. 신학대학원을 졸업한 후 온누리교회에서 부목사로 시무하고 있던 최성림 목사님을 만났다. 그는 교회의 긍휼사역 담당목사로서 '하나로'와 교정 사역 기관인 새사람선교회를 맡고 있었다. 최 목사님은 내게 새사람선교회에서 일을 했으면 좋겠다고 했고 이를 곧바로 수락했다. 이 일에 대한 사역비를 주겠다고 최 목사님은 말씀하셨다. 처음에 사역비를 한두 번 받았으나 이후에는 나의 사비를 털어가며 사역했다.

한편 '하나로'의 서정복 총무가 나에게 중등부 공부방을 맡아 일해 달라고 부탁했고, 생계를 빠듯하게 꾸려가던 차에 그의 제안을 받아들였다. 2010년 8월, 다시 '하나로' 직원이 되었다. '하나로'의 공부방에서는 선생님으로, 온누리교회의 새사람선교회에서는 교정사역 회원으로 많은 활동을 했다. 내가 제일 먼저 갔던 곳은 안양교도소였는데 안양교도소 교무과장은 온누리교회의 재소자 선교를 이야기했더니 쾌히 승낙해 주었다. 그는 교도소 내 검정고시반에서 수학 수업을 담당해 달라고 부탁을 했고, 드디어 하나님의 말씀을 들고 사역 현장에 나가게 되는구나 하는 생각이 들었다.

안양교도소 검정고시 사역 현장에서 (지금까지 20년간 사역해 왔다) 일주일에 한 번 월요일마다 검정고시반에 들어가 수학을 가르치고 한 달에 한 번은 검정고시반 학생들과 예배를 드리고 교재를 나눠보았다.

큰 강당에서 드리는 대 예배보다 소규모 성경공부가 재소자에게 더 도움이 되리라고 생각했기 때문에 온누리교회 일대일 교육을 재소자들의 양육에 접목하고 싶었다. 일반적인 교도소 선교는 대예배 중심인데, 내 생각에 그러한 선교는 재소자들을 하나님 앞에 인도하는 데에는 조금 미흡한 면이 있는 것 같았다. 물론 목회자의 설교를 통해서도 많은 은혜를 받을 수 있고, 재소자들이 설교를 들으면서 감동하고 예수님을 영접할 수 있지만, 무엇보다 중요한 것은 그 감동이 지속되어야 한다는 것이다.

교도소 선교에서는 선교하는 사람과 재소자들과의 관계가 중요하다. 대예배에서는 재소자들의 진짜 면목을 보기 힘들고 인격적인 만남을 갖기 힘들지만, 소그룹 성경공부에서는 인격적 만남이 가능하다. 선교하는 사람도 선교 현장에서 은혜를 받아야만 선교를 지속할 수 있다. 처음 교도소 선교를 시작했을 때 온누리교회의 교정 선교 회원이 많은 것을 보고 일이 잘될 거라 생각했다. 그런데 막상 교도소에 가자고 하니 대부분 바쁘다는 핑계를 대면서 가지 않으려고 했다. 지금껏 교정 선교가 집회 중심의 긍휼 선교여서 선교하는 사람이 참여하고 보람을 느끼는 인격적 만남의 기회가 제공되지 못했기 때문이었다. 사실 선교하는 사람들이 재소자와 함께 주님의 말씀을 나누면서 경험한 것은 무엇이었는지, 재소자들이 그 말씀을 받아들이고 어떻게 변화되고 있는지 현장에서 관찰할 수 있어야 교정 선교가 발전할 수 있다.

내가 온누리교회 새사람선교회 사역을 시작하면서 소그룹 성경공부의 필요성을 역설했을 때 어떤 분들은 "하나님의 말씀만 전하면 됐지 재소자를 만나서 어떻게 하시려고 하는지 모르겠다"고 하면서 나의 소그룹 성경공부에 대해서 반대했다. 그러나 온누리교회 일대일 제자훈련이 재소자에게 딱 맞는 훈련이라는 확신이 있었기에 나의 의견을 굽히지 않았다. 그래서 마침내 안양교도소 내 재소자 20명을 선택하여 일대일 제자훈련을 시작하게 되었다. 그리고 장영달 의원에게 청송교도소에서도 선교할 수 있도록 도와달라고 부탁했다. 장 의원의 도움으로 청송교도소를 출입하면서 재소자 10명에게 일대일 제자훈련을 제공했다.

다른 곳으로도 눈을 돌렸다. 새사람선교회 담당 장로에게 여주교도소에서 선교할 수 있는지 알아보겠다고 하고 교도소 소장을 만나 이에 대해서 의논했다. 처음에는 일대일 교육은 민간인이 직접 재소자를 만나서 하는 교육이므로 좀 곤란하다고 했다. 그러나 안양교도소에서 이미 일대일 양육을 실시해오고 있고 좋은 효과를 보고 있다고 말씀을 드려 마침내 승낙을 받았다. 일대일 양육이라고 하지만 10명의 재소자와 일대일로 하기에는 여건이 허락되지 않아 2 대 1 혹은 3 대 1로 하게 되었다. 첫 반응은 생각보다 좋았다. 이에 더하여 기독교인 보안과장의 허락을 얻어 치유학교나 아버지학교와 같은 온누리교회의 다른 훈련프로그램도 적용하게 되었다.

알고 보니 여주교도소의 보안과장은 나를 주님 앞으로 인도한 청송교도소 재소자 기독교회장에게 취업보증서와 신원보증서를 해주고 서울로 온 분이었다. 그 재소자가 내가 주님을 영접하는 데 결정적인 역할을 했다고 보안과장에게 말했더니 보안과장은 웃으면서 자신이 보증서를 써 준 기억이 잘 나지 않는다고 했다. 기독교인이었던 보안과장 덕분에 여주교도소에서 여러 종류의 훈련프로그램을 통해 선교사역을 진행하게 되었다. 이런 만남은 우연히 이루어진 것이 아니라 바로 하나님의 인도하심이 있기 때문이다. 이런 인도하심 덕분으로 지금 내가 있는 것이다. 미리 준비하시고 계신 하나님을 찬양한다. 이것은 단순한 만남이 아니라 바로 합력하여 선을 이룬다는 말씀이 성취되는 것이다.

안양교도소 교무과장의 제안으로 검정고시반에서 수학을 가르치기 시작했다. 한 달에 한 주일은 예배를 드리면서 재소자와 만남의 시간을 가졌는데, 그들은 나처럼 새로운 삶을 살기를 원했다. 그때마다 그들에게 가능한 한 교도소 생활을 알차게 보냈으면 좋겠다고 말했다. 아울러, 온누리교회의 후원으로 자매결연 맺은 20명의 재소자와 일대일 교육을 시작했는데, 그중 황범해라는 재소자는 도자기 기술자가 되기도 했다. 또 여러 사람의 후원을 받아 무의탁 재소자들에게 영치금을 넣어 주기도 했다.

아버지학교

재소자들에게 아버지학교가 정말 필요하다고 생각했다.

2003년 11월 여주교도소에서 처음 시작된 교정 아버지학교는 재소자들에게 자존감을 회복하고 새로운 삶에 도전할 수 있는 용기와 희망을 주었다. 많은 재소자가 앞으로 이루어질 삶을 바라보며 새로운 출발을 준비하는 시간을 만들고 있다.

아버지학교는 1995년 10월 두란노서원에서 처음 개설이 되었다. 오늘날 여러 가지 사회 갈등 모습의 출발은 행복하지 않은 가정생활에서 시작되며, 아버지가 그 중심에 서 있다는 인식 아래 올바른 아버지상을 제시하고, 실추된 아버지의 권위를 회복시키며 아버지가 부재한 가정에 아버지를 되돌려 보내자는 것이었다.

처음은 교회에서 기독교인을 대상으로 출발했으나, IMF 이후 일반인들의 관심이 늘어나면서 2004년부터 기독교 색채를 배제한 "아버지란 누구인가?"만을 주제로 하는 아버지학교도 개설하여 운영해 왔으며, 현재는 교회에서 진행되는 일반 아버지학교, 군부대인성교육/교정인성교육/청소년감동캠프, 기업체/관공서/기타 아버지학교로 운영하고 있다.

교도소에도 아버지학교가 필요하다고 생각했다. 나의 경험에 의하면 재소자 대부분 가정에 문제가 있었기 때문이다. 그러므로 아버지학교 프로그램은 그 어떤 곳보다 교도소에 수감된 재소자들에게 필요하다. 프로그램을 통해 재소자들이 아버지의 직분을 다하게 된다면 본인은 물론이고 사회와 나라에 큰 도움이 되리라 믿는다. 정에 굶주려 있는 재소자들에게 아버지학교에서 아버지의 역할과 그 정을 일깨워준다면 재소자들에게 매우 유익한 시간으로 남을 거 같다가 확신했다.

이러한 나의 확신은 아버지학교 프로그램의 개설에 힘을 쏟게 했다. 첫 목표지는 안양교도소였다. 그러나 교도소장이 직접 견학을 했음에도 불구하고 안양교도소에서의 프로그램 개설은 거절되었다. 교도소 실정에 맞지 않는다는 이유였다. 그래서 여주교도소로 눈을 돌렸다. 이번에는 프로그램을 교도소 실정에 맞게 약간의 변형을 주었고 당시 여주교도소 보안과장으로 있던 홍 과장의 호의로 드디어 프로그램 개설이 허락된 것이었다. 지금도 생각해 보면 모든 것을 예비하시고 이끄시는 주님이 함께 해주셨기에 가능한 일이었다고 생각된다.

여주교도소에서 프로그램의 효과가 있자 처음에는 거절했던 안양교도소에서도 프로그램을 개설할 수 있게 되었고 그다음은 남부교도소를 시작으로 전국에 있는 교도소에 아버지학교를 개설할 수 있게 되었다. 많은 분이 아버지 학교를 나왔다. 2019년 5월 기준 통계에 의하면 거의 40만 명에 이르는 아버지들이 아버지학교 과정을 수료했다고 한다. 그러나 더 많은 아버지가 아버지학교 과정을 수료해야 한다고 생각한다. 더구나 교도소는 재소자들의 회심을 위하여 이러한 프로그램들이 더 자주, 더 적극적으로 진행해야 한다고 생각한다. 아버지가 변해야 가정이 변하고 가정의 변화가 사회와 나라의 변화를 이끈다는 확실한 믿음이 있기 때문이다.

교도소 내의 아버지학교 프로그램의 성공에는 특별히 한 사람의 용단이 있기에 가능했다. 바로 여주교도소의 보안과장인 홍 과장이다. 그의 과감한 결단은 많은 재소자가 하나님의 은혜를 경험하게 하였고 전국의 많은 교도소에 아버지학교 프로그램 개설이 가능하게 하였다.

교도소의 과장급 이상은 1, 2년 정도 근무한 후 다른 곳으로 이동한다. 이는 교도소 내의 부패를 방지하는 데에는 효과가 있으나, 내가 보기에 교도소 내 여러 상황의 발전에는 단점으로 작용하는 것 같다. 과장급 이상 간부들은 자신들이 근무할 때 특별한 사고가 나지 않기를 바라기 때문에, 좋은 프로그램을 가져와서 실행한다 해도 처음부터 꺼리는 경향이 있다. 그런 면에서 여주교도소 보안과장의 용단은 대단하지 않은가?

교도소는 문제가 많은 사람이 모이는 곳이다. 그러므로 교도소 간부들이 '내가 있을 동안만 문제가 일어나지 않으면 돼'라는 경직된 생각을 하면 할수록 교도소 선교는 발전할 수 없다. 내가 보기에 이것은 교도소 선교를 저해하는 요인 중 하나이다. 하지만, 문제가 있는 사람들이 모인 곳에 문제가 없는 것이 더 문제가 아닌가? '구더기 무서워서 장 못 담그나'라는 속담처럼 어떤 간부든 문제가 벌어질 위험을 각오하고 검증된 좋은 프로그램을 조직적이고 체계적으로 시행하려 한다면 교도소 선교는 좋은 열매를 맺을 수 있다. 내가 보기에 교도소 신우회와 밀접한 관계를 맺고, 각각의 교회에서 실행했던 유용한 프로그램을 재소자의 상황에 맞게 접목하는 것도 좋은 방법일 것 같다.

인격적인 만남이 먼저다

청송교도소에서 교무과 청소부 소임을 맡은 재소자의 이야기이다. 그는 얼굴도 잘생겼고, 신앙생활도 잘하는 것 같아 보였다. 교무과는 대개 외부에서 오는 사람들과 직접 만나는 곳인데, 그는 거기에서 일하면서 모범수가 되었다. 모범수가 되기 위해서는 자기에게 주어진 책임 점수를 채워야 하는데, 교무과 직원이 직접 책임 점수를 주는 청소부 일은 수행 여부와 상관없이 대개 만점이었다. 그러니 교무과를 출입하는 재소자가 모범수가 되는 것은 시간

문제였다. 하지만 모범수였던 그는 자신의 지위를 이용하여 몰래 범치기를 많이 저지르고 있었다. 범치기로 교도관을 수발하면서 교도관에게 잘 보였으니 그가 모범수인 것은 당연한 노릇이었다.

교정 선교를 하는 교도소 밖 사람들은 재소자들의 생활을 지켜볼 수 없다. 그래서 교도관들이 하는 판단과 평가에 의존하게 되는데, 겉으로는 모범수이지만 실상은 전혀 다른 재소자가 있기도 하다(교정 선교 담당자들은 이를 꼭 명심해야 한다). 모범수라는 명칭만 믿고 그를 후원하거나, 출소 후 취직까지 알선하지만, 직장에서 문제를 일으키게 될 경우 선교 담당자는 배신감과 실망감을 겪는다. 그래서 재소자는 선교하는 사람을 비난하고 선교하는 사람은 재소자를 비난하게 되는 일이 종종 벌어지기도 한다. 이유는 관심사가 서로 다르기 때문이다. 다시 말하면 서로의 기대치가 다르다.

선교자는 교도소에서 재소자를 직접 대할 수가 없다. 그래서 교도관의 의견을 듣고 판단하게 된다. 그러나 여기에 문제가 있다. 모범재소자인 줄 알았는데 출소 후 하는 행동은 선교하는 사람의 기대에 못 미치기 때문이다. 또 재소자는 선교자가 모든 것을 해결해 주리라 믿었기에 서로를 비난하고 불평을 하게 된다. 그러므로 도움은 언제나 재소자들이 선교사에게 의지만 하지 않고 홀로 설 수 있도록 해야 하며 그러한 교육은 교도소에서부터 이뤄져야 한다. 그래서 어떤 만남이냐 하는 것이 매우 중요하다. 그렇기에 재소자들을 직접 만나면서 사람 됨됨이와 확고한 갱생의 의지를 확인할 수 있는 소그룹 성경공부를 지향한다. 직접 얼굴을 맞대면서

대화를 통해 인격적인 만남이 이루어질 때, 변화가 일어나고 교도
소 선교는 더 효율적으로 이루어질 수 있다.

믿음으로 변화하는 재소자들

어느 날, 자동차를 타고 가다가 목이 말라 어느 가게 앞에 선
적이 있었다. 자동차가 내 앞에 서더니 한 사람이 나왔다.

"문 목사님 아니십니까? 저, 안양교도소 검정고시반 출신입니
다."

깜짝 놀라는 나에게 그는 연신 감사하다는 인사를 하면서, 내
덕분에 수업을 들으면서 과거와 인연을 끊고, 지금은 장사하고 있

안양교도소 검정고시반 예배

다고 했다. 팔고 있던 양말 두 박스를 챙겨 주면서 "이런 것으로 어떻게 문 목사님의 은혜에 보답이 되겠습니까마는 받아주십시오" 하는 게 아닌가? 손사래를 쳤다.

"그냥 성의만 받겠습니다. 모두가 주님의 은혜입니다. 제가 한 일이 아니라, 바로 주님께서 당신에게 하신 일입니다. 그러니 주님을 영접하고 교회에 나가십시오."

그러자 그는 "문 목사님, 저 교회에 다니고 있습니다. 이것을 안 받으면 너무 섭섭합니다" 그가 교회에 다니고 있고, 새 출발을 했다는 말이 얼마나 기뻤는지 모른다. 이런 일들을 겪으면서 교정 선교가 아무리 힘들고 어려워도 그만둘 수가 없게 되었다. 재소자들 가운데 임하는 하나님의 은혜는 너무나 강력하고 크다. '주님을 찬양합니다. 주님을 높이 올려드립니다. 영광을 받으시옵소서!'

내가 전도사였을 때 안양교도소와 자매결연을 맺고 소그룹 성경공부를 할 때 일이다. 1년간 성경공부를 하다가 경제적인 이유에서 그만두었다. 어느 날 재소자 한 명이 나를 불렀다. 그는 무의탁 재소자로 징역 8년을 선고받고 3년의 형기가 남아 있었는데, 교도소 생활을 아주 모범적으로 하고 있던 사람이었다. 같이 성경공부도 하고 예배도 드리면서 그가 심성이 착한 사람임을 알 수 있었다. 그런 그가 어떻게 그런 범죄를 저질렀을까 믿을 수가 없을 정도였다. 그는 수감생활 중 PC정비사자격증, 정보기기자격증, 정보처리 2급 자격증, 워드 1급 자격증 네 개를 취득했고, 이용사 자격증까지 준비 중이었다. 아무도 도와주는 이가 없어서인지 홀로 새 삶을 위해 몸부림을 치고 있었다.

"전도사님, 도와주십시오. 제가 지금 가지고 있는 지병 때문에 수술을 받아야 하는데, 수술비 중 절반인 50만 원을 제가 부담해야 한다고 합니다."

난감했지만 모르는 체 할 수가 없었다. 지난날 내가 절망에 빠졌을 때 나에게 은혜를 베풀어 준 청소부 재소자 생각이 불현듯 떠올랐다. 그래서 그의 두 손을 꼭 쥐고서 말했다.

"제가 무슨 돈이 있겠습니까? 하지만 우리 서로 기도해 봅시다. 절대 희망을 포기하지 마십시오." 교도소를 나와선 곧바로 신학대학원 동기 카페에 글을 올렸다. 수술비 50만 원이 필요하니 한 명당 만 원씩 참여해서 재소자의 수술을 도와 달라는 내용이었다. 글을 올리자마자 여러 동기가 호응해 주었다. 지금은 하나님 품으로 돌아간, 한의원 원장을 하던 동기 한 명이 수술비 모두를 책임지고 도와주겠다고 했다. 그리하여 그 재소자는 안양샘병원에서 수술을 받고 회복할 수 있었다. 참으로 하나님의 은혜는 알 수도 없고, 예측할 수 없는 곳에서 일어난다.

다른 재소자 이야기이다. 그 역시 안양교도소에서 성경공부를 하던 이였는데, 도자기를 아주 잘 빚었다. 그는 열심히 노력하여 교도소 도자기 대회에서 대상을 받고, 여주에서 열리는 전국 도자기 대회에 출전했으나 입상은 하지 못했다. 이후 나에게 면담을 청하면서 하는 말이 "외통"(교도소 밖으로 나가 돈을 버는 일)을 하고서 출소하고 싶다고 했다. 그러나 내 생각은 달랐다.

"외통을 나가서 돈을 버는 것보다 더 중요한 일이 있습니다. 지금 하는 일을 좀 더 열심히 하는 게 어떨까요? 돈이란 버는 것이 중요한 것이 아니라 어떻게 쓰느냐가 더 중요한데, 여기서 얼마를 벌어서 모아 나갈지 모르지만 그것보다는 한 가지라도 똑바로 배워서 나갈 필요가 있습니다."

돈보다는 가치관, 자기가 하는 일을 사랑하는 것이 더 중요하다고 조언해 주었다. 그는 나의 조언을 받아들여 출소할 때까지 도자기 만드는 일을 충실히 했고, 출소 후에 도자기 만드는 일감을 주기 위해 여러 방면으로 힘을 썼지만 잘되지 않았다. 그는 도자기 만드는 일을 지속하진 못했지만 다른 일자리를 얻게 되었고, 지금은 모 공장에서 공장장으로 일하고 있다. 그는 교도소에서 배운 인내가 인생 여정에 많은 도움이 되었다고 했다.

그렇다! 재소자들이 교도소에 들어온 것은 사회에서 저지른 범죄 행동의 결과이다. 그렇듯 재소자가 교도소에서 어떤 생활 습관을 가지고 행동하느냐에 따라 이후 사회생활에 중요한 영향을 미치게 된다. 사회에 나가면 그 열매를 맺게 된다.

2012년 2월, 안양교도소로부터 자살 방지 상담을 맡아 달라는 요청을 받았다. 장기수들에게 교도소 생활을 잘해 나가는 방법에 대해 상담해 주는 프로그램이었다. 어느 날 교무과 상담 계장이 '이 재소자에게는 종교적인 이야기는 하지 말았으면 좋겠다'라고 주의를 주었다. 그는 어느 대학교 학생회장이었는데 다른 학과 학생회장과 싸우다가 살인을 저질러 무기징역을 받았다. 죽은 사람의 아버지는 인천에서 목회를 하던 목사였는데 재판 선고 공판에 나와 아들을 죽인 저런 인간은 반드시 사형에 처해야 한다고 주장했다고 한다. 그래서 그 재소자는 무기수로 복역 중이고, 종교에 대해 심한 반감을 가지고 있으니 기독교에 대한 이야기는 안 했으면 좋겠다는 것이었다.

상담계장의 의견을 존중해서 그 재소자를 조심스럽게 대했다. 내 이야기를 들려주면서 교도소가 인생의 끝이 아니라 시작이며, 교도소에서 하나님을 만난 이야기를 해 주었다. 이후 『김대중 대통령의 자서전』을 비롯한 몇 권의 책을 그에게 넣어 주기도 했다. 내 이야기를 유심히 들었던 것일까? 그는 점점 달라지기 시작했다. 지금은 대전교도소에 있는 재소자 찬양부에서 노래를 할 정도로 신앙심이 깊어졌다고 한다. 모범수로 귀휴를 다녀오고, 매우 바르고 충실한 삶을 살고 있다.

이렇듯 교도소는 자신의 과거를 바꾸고 주 예수 그리스도의 품으로 되돌아올 수 있는 최고의 선교 장소로, 잃어버린 영혼들을 사랑의 그물로 걷어 올리는 황금어장이다. 교정 선교사로 길 잃은 재소자들에게 바른길을 안내해 주는 길잡이 역할이 바로 하나님께서 주신 나의 몫이다.

교정 선교의 어려움

교정 선교를 하면서 어려움도 많았다. 온누리교회에서 교정 선교를 시작할 때 일이다. 권사 한 명이 내게 오더니 자기도 교도소 선교를 하고 싶은데, 걱정이 태산이라고 했다. 교도소에 가서 재소자들을 만나 이야기하면서 혹여 실수라도 하지 않을까, 재소자들이 난폭하게 굴지는 않을까 여러 걱정이 많다고 했다. 그녀는 매일 새벽기도에 나가 하나님께 교도소에서 담대하게 선교할 수 있는 지혜와 용기를 달라고 기도를 한다고 했다. 재소자와의 일대일 양육을 시작한 다음 그녀에게 물었다.

"처음 재소자를 대한 소감이 어떠십니까?"

"저는 재소자들을 잘못 인식하고 있었습니다. 막상 보니 그들의 성품은 매우 온순하며 진실했고, 나보다도 성경에 대해 잘 알고 있었습니다. 무엇보다 신앙심이 매우 깊었습니다. 오늘 저는 큰 은혜를 체험했습니다. 재소자들을 만나는 것이 매우 좋습니다."

그렇다. 재소자들을 만나 선교하는 사람에게 있어서 중요한 것은 지금까지 재소자들에게 가지고 있던 편견을 없애는 일이다. 사고가 바뀌는 것이 매우 중요하다. 그분은 나와 함께 약 5년 동안 교도소를 다니며 재소자들에게 하나님 말씀을 전하는 일을 했다.

살아가면서 누구든 삶의 어두운 구렁텅이를 만날 수 있다. 여기에 대처하는 방식은 두 가지라고 생각한다. 구덩이에 빠지거나, 아니면 뛰어넘는 것이다. 구덩이를 뛰어넘기 위해서는 에너지가

필요한데 그 에너지가 바로 희망이다. 누구든 포기하지 않으면 희
망은 이루어진다. 재소자들이 약간의 도약을 할 수 있도록 누군가
도움을 준다면, 잘못을 저질렀더라도 가족의 따뜻한 응원이 그치
지 않는다면 그들은 힘을 낼 수 있다. '희망'이라는 에너지가 바로
하나님의 사랑이 그들에게 전해지는 방식이다.

7장

꽃은 결코
우연히 피지 않는다

다시 찾은 군포 '하나로' 공부방

군포 '하나로' 공부방은 학원에 갈 형편이 되지 못하는 학생들에게 공부할 수 있는 여건을 제공한 곳이었는데, 그곳에서도 하나님은 역사하고 계셨다.

청소년 쉼터 기념식 날이었다. 안양 청소년쉼터 원장이 행사를 축하하기 위해 오셨는데, 내 이야기를 들으시고는 학생 다섯이 있으니 그 아이들의 공부를 도와달라고 부탁하셨다. 그들 중 한 여학생의 이야기이다. 그 아이는 홀어머니 밑에서 자랐는데, 언니가 학교 폭력조직에 가담하여 문제를 일으키자 함께 전학 가게 되었다. 학교를 자주 옮겨 다니게 되니 공부를 제대로 할 수 없었다. 그 아이의 언니는 결국 고2 때 퇴학당하고 나서야 정신을 차렸는지, 검정고시를 거쳐 모 대학 국문과에 입학했고, 졸업 후에는 취직을 해서 잘살고 있었다. 하지만, 문제는 이 아이였다. 쉼터에 있는 동안 공부를 너무 힘들어하다가, '하나로' 공부방으로 보내진 것이었다. 막상 그 아이를 가르치기 시작했는데, 아이가 꽤 영리한 듯 보였다. 그러다 중학교를 졸업한 후 안양실업고등학교에 진학하기로 결정되었다면서, '하나로'에서 약 3개월 정도만 공부를 하고는 곧바로 그만두었다.

한 달 후, 그 아이의 어머니에게서 전화가 왔는데, 나를 만나자는 것이었다. 약속 장소로 나갔더니 그 어머니는 아이의 과외 교사가 되어달라는 부탁을 했다. 이미 '하나로'에서 전임으로 일하고 있던 터라, 대신 아이가 공부방에 나오면 공부를 도와줄 수 있다고 했다. 그렇게 해서 그 아이는 다시 '하나로' 공부방에 나오기 시작했다. 당시에는 중등부반만 있었기 때문에 그 아이는 혼자서 공부를 했다. 나도 저녁 9시까지 근무를 마치고는, 또다시 10시까지 그 아이의 공부를 도와주었다. 이상하게도 내가 특별히 많이 가르쳐 준 것도 없었는데, 그 아이는 1학년 때부터 3학년 때까지 전체 수석을 놓치지 않았다. 지금쯤, 어딘가에서 대학을 졸업하고 잘살고 있을 것이라 믿는다. 그렇다. 힘겨운 시기를 보내는 청소년들이 자신에게 숨겨진 가능성을 깨닫고, 이를 돕는 일은 너무나 중요했다.

어려움을 겪고 있는 청소년들이나, 교도소의 재소자들이나 중요한 것은 넘어졌다는 사실이 아니라, 넘어진 후 어떻게 생각하고 행동하느냐이다. 그들에게는 다시 일어설 수 있는 용기가 더 필요하다. 또, 그들이 계속 일어설 수 있도록 곁에서 지지해주는 사람들의 도움은 더욱 필요하다.

당시 '하나로' 공부방에는 중학교 1학년생이 열 명 정도 있었는데, 한 여학생이 다른 아이들까지 공부하지 못하도록 훼방을 놓아 공부 분위기가 좋지 않았다. 그 학생에게 "공부하기 싫으면 '하나로'에 나오지 않았으면 좋겠다"라고 나무랐더니, 그 학생은 나머지 학생들도 나오지 못하게 만들어 놓았다. 결국 단 한 명만 남아 수업을 하게 되었다. '하나로' 공부방은 무료로 운영되었기 때문에 학생 수가 많고 적음은 별로 문제가 되지 않았지만, 남은 한 명의 학생 부모에게 사실을 알리고, 어떻게 하면 좋을지 물어보았다. 그 학생의 어머니는 학원에 보낼 형편이 되지 않으니 '혼자라도 잘 좀 부탁한다'고 말했다. 일주일 후에 그 어머니가 다시 전화로 "그 아이의 언니가 중학교 3학년인데, 반에서 5등 정도 해요. 동생과 함께 공부방에 보내도 좋을까요?"라고 묻길래 좋다고 말했다. 다음 날, 언니도 '하나로'에 왔다. 공부를 좀 잘한다고 들었기 때문에 언니에겐 숙제를 조금 많이 내주었다. 다음 날 확인해보니 그 아이는 그 많은 숙제를 성실하게 다 해 왔다. 그 이후부터 오답 노트를 만들어 주고, 확인을 하는 방식으로 공부를 도와주었는데, 중간고사에서 반에서 1등, 전교에서 5등을 하더니 기말고사에서는 전체 1등이 되었다. '하나로' 공부방에서 공부하면서 그 아이는 평촌고등학교 1학년 기말고사에서 전 과목 만점을 맞았다. 참으로 보람된 결과였다. 이후 그 학생은 고3 때 서울대 수시입학에 원서를 넣었으나 3차에서 떨어지고 성균관대학교에 들어갔다. 대학에 들어가서도 그 학생은 나를 자주 찾아왔다. 대학교 2학년 때, "졸업하면 무엇을 하고 싶냐?"고 물었더니 회계사 시험을 보고 싶다 했다. 졸업 이후 사회에 나와 따로 시험공부를 하는 것은 쉬운 일이 아니니 2, 3학년 때부터 시험을 준비하라고 조언했다. 그 말에 도전을 받았는지, 곧바로 휴학을 하고 1년 동안 공부를 한 뒤 공인회계사 시험을 보았고 합격의 영광을 안았다. 대학도 3년 6개월 만에 마쳐 조기 졸업을 했을 뿐만 아니라, 수석을 차지했다. 지금은 우리나라에서 가장 큰 회계 법인에서 일하고 있다. 이 학생에 관한 이야기는 '하나로' 사역 활동 중에 가장 가슴을 뿌듯하게 하는 추억으로 자리 잡고 있다.

성균관대를 수석으로 졸업한 황지선 양과 함께

늦봄교회·요셉선교회

2006년도에 '하나로'를 그만두고 나니 생계가 막막했다. 때마침 전주 효자동교회 백남운 목사를 비롯하여 새벽교회 이승영 목사, 전주 비전교회 이광익 목사, 전주 한일장신대 황인복 교수, 장영달 의원 그리고 이명권 교수 등이 주축이 되어 요셉선교회를 창립할 것을 제안하였다. 참으로 감사한 일이었다. 그러나 나의 사회생활 경험 부족으로 운영이 잘 되지 못했다. 이 단체를 사단법인으로 등록해야 했는데 이 일을 어떻게 처리할지 몰라 우물쭈물했고 결국 선교회 운영은 잘 이루어지지 못했다. 그렇지만 백남운 목사를 비롯한 여러분들이 항상 도와주었다.

교도소 선교를 하면서 지금까지 버티며 올 수 있었던 것은 어려움 가운데서도 나를 도와주고 계시는 여러 사람 덕분이다.

2011년 9월 2일 늦봄교회(전북 완주군 소양면) 창립예배

당시 장영달 의원은 박정희 정권이 조작한 민청학련 사건과 관
련하여 무죄가 확정되었다. 2011년 9월 11일 그는 국가로부터 받
은 배상금 1억을 뜻깊은 일에 쓰고자, 전라북도 완주군 소양면 해
월리에 교회 부지를 마련했다. 그것이 바로 "요셉선교회"의 시작
그리고 "늦봄교회"의 개척이었다. 특별히 교회 이름을 "늦봄"으로
한 것은 장영달 의원과 내가 살아온 인생을 돌아보면서, 늦게 공동
으로 일한다는 의미였다. 아울러 사회정의에 힘쓰셨던 고 문익환
목사님의 호를 빌려 함께 사업을 세워 간다는 뜻이 담겨 있었다.
이 두 단체는 비록 범죄를 저지른 전과자들도 새로운 삶, 의미있는
삶을 시작할 수 있으며, 그들을 돕고자 하는 누구나 함께 할 수 있
다는 인식이 담겨 있다. 아직은 미흡하지만 조금씩 목적을 향해 한
발 한 발 다가가는 가는 중이다.

늦봄교회는 장영달 의원의 헌신적인 노력과 함께, 매달 1만 원,
2만 원, 혹은 3만 원씩 후원하는 분들의 도움으로 운영되고 있다.
매주 주일 오후 3시에 예배를 드리는데 첫째 주일부터 셋째 주일
까지는 장영권 장로님이, 마지막 주일은 담임목사인 내가 인도하
는데 고정적인 출석 성도의 수는 적으나 꽃처럼 아름답고 별처럼
수많은 분의 기도와 사랑으로, 여전히 미래를 꿈꾸며 활동을 계속
해나가고 있다.

특별히 이광익 목사는 요셉선교회 설립에 필요한 모든 서류를
준비해 주었다. 이광익 목사님은 모악산 대원사의 석문 스님과의 우
정에 찬 교분은 늘 마음을 훈훈하게 한다. 일일이 열거하지 못하는

많은 분 기도와 사랑을 생각할 때마다 감사함으로 마음이 벅차다.

출소자들의 공동체를 향하여

요셉선교회와 늦봄교회는 원대한 꿈을 가지고 시작했으나 아직까지는 나의 경험과 역량 부족으로 미약한 상황이다. 이 두 단체를 통한 사역으로는 생계유지가 쉽지 않아서 다시 과외 강사를 하게 되었다. 예전에 '하나로'에서 같이 근무했던 직원의 부탁으로 시작한 개인 과외가 두 명, 세 명으로 늘어났다. 여기서 나오는 수입으로 생활하면서 안양교도소와 남부교도소를 다니며 재소자 선교를 계속하고 있다. 생활이 쪼들리고 힘들어도 이 일을 놓을 수 없다.

> 내가 궁핍하므로 말하는 것이 아니니라. 어떠한 형편에든지 나는 자족하기를 배웠노니 나는 비천에 처할 줄도 알고 풍부에 처할 줄도 알아 모든 일 곧 배부름과 배고픔과 풍부와 궁핍에도 처할 줄 아는 일체의 비결을 배웠노라(빌 4:11-12).

바울 사도와 같은 고백을 하고 있는지 모르겠으나, 교도소에서 나를 지켜주신 하나님께서 앞으로도 나를 인도해 주실 것을 믿는다. 내가 하나님의 뜻을 좇아 살아간다면 하나님께서는 나의 꿈과 함께하실 것을 믿는다.

재소자들은 거리에서 만난 돌을 잘못된 자세로 대한 사람이다. 그들의 자세를 고쳐준다면 그들은 그 돌을 재기와 도약의 발판으로 삼을 수 있게 된다. 그러한 기회를 얻어 변화된 삶을 살고 있다.

교회는 영적인 구원과 사회적 구원을 나누어 생각해선 안 된다. 소외된 사람들에게 관심을 가져야 한다. 여기서 관심이란 단지 긍휼을 베푸는 것만을 말하지 않는다. 보다 적극적으로 돌보고 치유하면서 스스로 일어설 수 있도록 돕는 것을 포함한다.

나에게는 오래전부터 꿈이 있는데, 바로 출소자들의 공동체를 만드는 일이다. 전과자들이 모여 과거의 삶을 반성하고 새로운 미래를 꿈꾸는 가운데 주님을 영접하고 그 기초 위에서 함께 건강하고 바른 삶을 살아가는 공동체, 생각만 해도 나의 마음이 뜨거워진다. 이 꿈을 향해 오늘도 앞으로 나아간다. 늦봄교회와 요셉선교회를 발판으로 시작한 공동체를 하나님의 은혜를 사모하며 나아간

남부교도소 예배 후 재소자들과 교제하는 중

다. 꽃은 우연히 피지 않는다. 하나님의 은혜를 바라며 성실하게 살아가는 과정에서 하나님의 뜻은 이루어질 것이다.

혈우병으로 12년간 고생한 여인처럼

16년 6개월 정도를 교도소에서 살았다. 수형 기간을 돌이켜보면 항상 주님은 내 곁에 있었다. 주님은 항상 나를 지켜보면서 내가 주님을 받아들이기를 기다리셨다. 그러나 주님의 손길을 잡는 대신 그걸 벗어나 다른 길로 가곤 했다. '하나님이 어디에 있느냐? 하나님은 없다' 하면서 방황과 방탕의 삶을 살았다. 그런데도 주님은 화를 내지도 않고 기다리고 계셨다.

어머님의 병환 중 주님을 알았고 영접했다. 그러나 주님을 영접하고도 평화로운 삶을 살았던 것은 아니다. 과거의 잘못을 인정하고 회개한 뒤에도 주님의 길보다 세상의 길을 선택했던 것 같다. 그래도 주님은 여전히 나를 찾아주셨다.

청송교도소에서 학력고사를 준비하던 당시 주님은 캄캄한 바다 위를 걸어오셨다. 주님이 오시면 거센 풍랑도 편안하고 잔잔한 물결이 되었다. 우리의 마음도 마찬가지다. 주님과 함께라면 우리는 언제나 평안한 마음으로 돌아올 수 있다.

요셉이 감옥에서 인내와 고난의 시간을 버텼듯이 하나님이 우리에게 약속하신 땅은 결코 평안한 곳이 아닐지 모른다. 그곳은 외롭고 고독한 곳일지 모른다. 그뿐 아니라 핍박과 조롱이 있을지 모른다. 주님의 길을 가는 것은 언제나 그렇다. 그러나 믿는 사람은 그 길을 가는 것이 마땅하기에 묵묵히 순종하며 걸어간다. 힘들고 어렵지만 약속의 땅에 머무르는 것이 축복이기 때문에 끝까지 순종하는 것이다.

나에게는 여러 번 힘든 시절이 있었다. 그때마다 청송교도소에서 나를 지켜주시고 나를 붙들어 주시고 나의 기도를 들어주신 주님을 기억하며 기도했다.

주님! 불쌍한 저를 버리지 마시고 제 손을 잡아주십시오. 주님이 지금까지 저를 인도하여 주신 것은 교도소에 있는 재소자들에게도 저와 같은 주님의 은혜를 받을 수 있도록 인도하라는 뜻이 있는 것이 아닙니까. 절망과 좌절에 빠져 있는 재소자들이 주님 앞으로 나아올 수 있도록 도와주시고 인도하여 주십시오.

지금 생각해 보면 연세대학교 신학과에 입학한 것도 내가 주님의 일을 하도록 하기 위해 인도하신 주님의 뜻이었다. 내 힘으로 된 것은 아무것도 없다. 교도소에서 공부한 것도 주님의 인도와 보호가 없었다면 결코 이뤄내지 못했을 것이다. 하나님은 내 인생에서 언제나 위기를 기회로 인도하셨다.

위기가 기회라는 것은 성서의 사건을 통해서나, 나의 인생을 통해서도 입증된다. 재소자들도 마찬가지이다. 자기 욕망과 아집

과 자기중심주의를 비우고 하나님 때를 기다려야 한다. 기다리면
기다릴수록 마음이 정결해지고 자아로 가득 찬 그릇은 비워진다.

**하나님은 우리의 피난처시요 힘이시니 환난 중에 만날 큰 도움이시라. …
너희는 가만히 있어 내가 하나님 됨을 알지어다(시편 46편).**

위기가 왔을 때 기다리지 못하고 임기응변식으로 대처하면 안
된다. 하나님 앞에 중심이 섰다면 담대하게 행동해야 한다. 하나님
이 형통하게 만들고 계심을 깨닫게 되면, 일이 성사되고 기도가 응
답 되어도 겸손할 수밖에 없다. 바로 일이 자기 능력이나 자기 지
혜로 이루어진 것이 아니라, 하나님의 도우심으로 성사되었다는
것을 깨닫기 때문이다. 베드로전서 5장 6절은 이렇게 말한다.

**그러므로 하나님의 능하신 손아래서 겸손하라. 때가 되면 너희를 높이시
리라(벧전 5:6).**

재소자들이 수형 기간 동안 하나님의 때를 알면 겸손해지고 행
동의 원칙을 세울 수 있다. 하나님의 때는 우리를 인내하게 하고
성숙하게 만든다. 하나님께서는 우리의 기도에 바로 응답하시기
도 하지만 때로는 우리를 훈련하고 단련시키신다. 우리가 마음의
동기를 정결하게 갈고 닦아 순수하게 될 때까지 하나님께서는 훈
련을 멈추시지 않는다. 어떤 유혹이나 충동에도 흔들리지 말고 자

기 자신을 바로 알면서 하나님의 때를 기다리며 성숙해 가야 했다.

교도소에서 항상 재소자 재활에 대해서 꿈을 꿔 왔다. 그리고 기도해 왔다. 교도소 안에서 가졌던 순수한 생각들이 사회에 나오면 상황에 따라 변하고, 사장되는 것이 못내 아쉬웠다. 이들에게 바른 길을 보여주고 지금까지의 길과는 다른 길이 있다는 것을 보여주며 그 길로 인도하고 싶었다. 교도소에서 배운 기술과 배움이 사회에서 사장되지 않고 활용될 수 있도록 도와주고 싶었다.

이 모든 것이 기도로 준비되어야 함을 잘 알고 있다. 나의 가는 길에 하나님의 인도하심이 있어야 하고 내 생각이 하나님의 계획과 맞아야 하기 때문에 기도할 수밖에 없다. 나의 목회가 하나님의 뜻에 맞아야 하고 나의 삶이 하나님이 기뻐하시는 삶으로 바뀌어야 하기 때문이다. 기도하면서 나의 수고와 노력이 헛되지 않고 바람에 겨와 같게 되지 않기를 바란다. 그리고 때에 맞춰 열매 맺는 삶과 사역이 되기를 소망한다. 혈우병으로 열두 해 동안 고생한 여인처럼 간절한 마음으로 하나님의 도우심과 협력을 바라본다.

8장

꿈은 이루어진다

매월 3번째 주 토요일에는 늦봄교회에서 예배도 드리고 서로의 만남의 기회를 받았다. 만남에서 교도소 선교를 논의할 때도 있다. 그러면서 요셉선교회를 시작한 지도 정말 오래되었다.

그런데 4월 셋째 주에 교회에 내려 가보니 현수막에 '사단법인 사람 섬김' 창립위원회라고 쓰여 있었다. 의아하면서도 아무 말 없이 주님의 말씀을 전하고 만남의 시간에 그 이유를 알았다. 유이상 장로님이 출소자들을 자기 회사로 일자리를 마련해 주겠다고 선언한 모양이다. 4년 전에도 이 장로님은 이런 말을 한 적이 있었다. 그러나 흐지부지 없는 일이 되었는데 다시 생각하신 모양이다.

지금까지 출소자 공동체를 꿈꾸어 왔다. 다시 말해 교도소에 수감 되어 있는 재소자가 출소하여 제일 어려운 일이 출소 후 일자리를 마련하기가 참으로 어려워 결국 다시 교도소에 들어가는 현실이다. 이들과 함께 살면서 전과자도 다시 시작할 수 있다는 것을 보여주고 싶었다. 이제 그 꿈이 실현될 것이라는 믿음이 생겼다.

재소자에게 일자리를 마련하는 것 이외에도 재소자와 함께 생활
하는 출소자 공동체도 마련할 것이다. 회사에서는 20~30대 청년
을 원하고 있지만 나는 오히려 늙고 힘이 없는 사람, 장애인도 함
께하는 출소자 공동체를 원했다.

소망은 하나님의 약속을 확신하는 믿음의 사람이 받는 선물로
믿음의 사람이 승리한다는 확신에서 시작된다. 그러므로 믿음 없
는 다수를 따르지 말고 믿음의 사람을 이기게 하시는 하나님의 계
획과 말씀을 따라야 했다.

교도소는 전과 달리 많은 변화를 이루었다. 오랫동안 교도소는
과거 형무소에서 재소자를 바로 교정하는 교도소로 변했다. 교도
소는 말 그대로 범죄자를 교도 즉 교정 교화하여 건전한 사회인으
로 복귀시키는 목적이 있는 시설이므로 아무리 범죄인이라 하더
라도 단순히 고통을 부과하기 위한 시설이어서는 안 된다. 따라서
오늘날 교도소는 범죄인을 사회와 격리하는 작용과 더불어 새로
운 사람으로 다시 태어나서 건전한 사회인으로 복귀시키기 위해
여러 가지 교육이나 처우 등을 행하고 있다.

교도소에 수용된 수형자의 경우에 건전한 사회 복귀에 필요한
지식과 소양을 습득하기 위하여 교육하는데 그 내용은 중학교 입
학 검정고시, 중졸 자격, 고졸 자격 등의 검정고시를 실시하고 있
다. 또 방송 통신 고등학교 과정, 방송통신대학, 독학사 및 정보화
와 외국어 교육과정도 설치 운영하여 수형자의 사회 복귀에 유용
하게 만전에 기하고 있다. 그 밖에도 사회 복귀에 유용하게 할 취

지로 각종 직업 훈련을 실시하고 있다. 얼마 전에는 재소자들에게 일자리를 마련해 주기 위해 취업박람회를 열고 있다. 사회의 유용한 회사들이 나서서 출소자들에게 일자리를 제공하겠다고 하는 그런 목적에서 재소자들에게 제공되는 프로그램이다.

징역형 수형자의 경우에는 작업부과를 원칙으로 하고 있는데, 작업에 있어서 교도소 내에서 하는 작업과 교도소 이외의 사회 각 산업체 등에서 통근하여 작업하는 방식이다. 즉 잠만 교도소에서 자고 평일의 작업시간에는 외부의 공장에서 작업하는 방식이다. 이외에도 전화통화, 사회견학, 귀휴, 가족 만남의 집(교도관의 감시 없이 교도소 외에서 가족들과 숙식을 해결하는 시설) 등이 있는데 이러한 처우는 궁극적으로 수형자의 건전한 사회 복귀를 도우려는 방법이다.

우리나라의 경우 1950년 '행형법'이 제정될 당시에는 교도소가 형무소로 불리었다. 형무소라는 용어는 단순히 형을 집행한다고 하는 소극적이고 해악을 가한다는 의미로 통하였고, "범죄인을 사회에 복귀시킨다"라고 하는 의미와는 거리가 있었다. 따라서 1961년에는 '형행법'을 개정하여 형무소를 교도소로 바꾸었고, 이어 2007년에는 '행형법'마저도 '형의 집행 및 수용자의 처우에 관한 법률'로 전면 개정하였다. 그래서 교정주의 이념을 한층 강화하게 된 것이다. 이러한 교정 이념을 실현하기 위한 방법론으로 격리의 과학화와 처우의 개별화를 들고 있다.

교도소의 특성상 중요하지 않은 부서가 없지만, 가장 기본적으

로 격리와 질서 유지 차원에서 본다면 주로 계호 업무를 담당하는
보안과의 업무 비중이 가장 크다고 할 것이다. 그 밖에도 작업이나
직업훈련과 관련된 작업훈련과 교화업무를 주로 행하는 사회복지
과, 수용자의 건강 유지를 위한 업무를 행하는 의료과 등도 비중이
있는 업무가 아닐 수 없다.

과거의 응보형주의가 지배하던 시대처럼 교도소의 역할을 범
죄인을 가두어놓고 단순히 고통만 부과하는 것은 인권침해로서
위헌의 소지가 다분하다. 이것은 또한 교정의 목적상 건전한 사회
인으로 복귀시킨다고 하는 사회 복귀이념을 실현과는 거리가 멀
다. 따라서 아무리 범죄인이라 하더라도 기본적인 인권을 보장하
는 선에서 자유의 박탈에 따르는 고통을 최소화하고 개선 교육 등
을 통하여 새로운 인간으로 사회에 복귀시켜 다시는 범죄를 저지
르지 않도록 최선을 다해야만 했다.

과거 나는 어느 소장으로부터 '정(情)에 굶주린 놈' 또는 '사랑
의 결핍 환자'라는 말을 들은 적이 있다. 그런데 사실은 범죄인들
은 거의가 정에 굶주려 있다. 어찌 보면 범죄는 굶주린 정을 찾는
과정에서 생긴 부산물일 수도 있다. 이 정을 재소자들에게 어떻게
느끼게 할 수 있느냐가 교도소 선교의 핵심이고 교정(矯正)의 단
추가 아닐까 그런 생각이 드는 것은 나만의 생각일까?

대다수 출소자는 교도소 문을 나서면서 이제는 범죄를 저지르
지 않고 새로운 삶을 살겠다고 다짐을 하지만 이들이 마음먹은 대
로 살기에는 여건이 좋지 않다. 무엇보다도 출소 후에 생계가 막연

하기에 교도소 안에서 마음먹은 좋은 생각들은 자취를 감추게 된다. 참으로 안타까운 일이다. 나는 이들에게 어떻게 해야 할까를 여러모로 생각했지만 방법은 찾을 수 없었다. 답답하여 한숨을 쉬고 있을 때 ㈜풍년그린텍에서 장로이신 유이상 대표님으로부터 연락이 왔다. 출소자들을 자기 회사에서 받아들이겠다는 전갈이었다. 현재는 외국인 노동자가 주인데 그 노동자들을 출소자로 바꾸고 싶다고 하셨다.

며칠 전 수원교도소에서 출소자가 한 명 있었다. 경기도 남부 교정복지 공단에서 연락이 왔다. 금요일에 출소해서 월요일까지 있을 곳이 없다고 하였다. 그래서 월요일까지 나와 함께하겠다고 했다. 토요일은 마침 늦봄교회 예배드리는 날이라 교회 여러분들에게 소개도 할 겸해서 전주로 보내라 했다. 그도 이 말에 승낙하여 토요일 2시까지 오라고 했는데 예배가 끝나고 왔다. 그래서 소개는 드리지 못하고 일요일 저녁에 서울로 와서 월요일 아침까지 함께하였다. 출소자와 함께 지내는 것은 이번이 처음이었다.

나는 월요일에 안양교도소 검정고시반에 들어가야 하기에 복지 공단 주임에 연락하여 주임님에게 회사로 함께 가 주었으면 의견을 말했다. 주임이 흔쾌히 승낙하여 주임이 회사로 데리고 갔다. 몇 시간 후에 그 출소자로부터 전화가 왔다. "참 좋은 회사를 소개해 주어서 고맙다"는 말을 듣고 참으로 기뻤다. 이제부터는 출소자의 길잡이가 되어야겠다는 생각으로 정말 마음 한 구석이 환해지는 느낌을 받았다.

이 회사는 대부분 20~30대 나이를 먹은 청년들만 받기로 했는데 내가 부천에 살 때 잘 아는 사람이 교도소에 들어갔던 일이 있었다. 나는 바빠서 면회 한 번 가지 못했다. 그런데 어느덧 출소하여 길거리에서 만났다. 교도소에 들어갔다 출소하여 보니 어디 들어갈 데가 없다고 하여 나이가 얼마나 되는지 물어보니 57세라고 한다. 나이가 너무 많다. 그런데도 일자리가 있으면 취직을 시켜 달라고 한다. 내가 나이가 많다고 하니 그래도 자꾸 부탁하기에 어쩔 수 없이 회사 전무님에게 전화를 걸어 이런 사람이 있는데 취업할 수 있느냐고 물어보니 역시 나이가 많다고 거절을 하신다. 매우 착실한 사람이나 한번 채용해 줄 수 없느냐고 재차 부탁하니 전무님은 마지못해 지금은 회사 밖이니 회사에 들어가서 다른 사람들과 상의해 보겠다고 한다.

그런데 다음 날 아침에 전무님으로부터 전화가 왔다. 한 번 만나보겠다고 하여 그에게 전화를 걸었다. 이력서를 가지고 다시 전화를 달라고 하시면서 너무 큰 기대를 걸지 말라고 하였다. 목사님께서 부탁하여 얘기를 들었지만 지원자가 나이가 너무 많다. 그래도 한 번 만나겠다고 하고 전화를 끊었다. 전무님과 4시에 만나기로 하였다는 연락을 받고 더 걱정되었다. 4시가 지나서 마음을 졸이고 있는데 전무님으로부터 전화가 왔다. 전무님은 그를 만나보니 참으로 좋은 사람이라고 하면서 일주일 후부터 근무하기로 했다는 연락을 받고 나서 마음이 뿌듯했다. 나는 그에게 전화하여 취직되었으니 마음 단단히 먹고 성실하게 회사에 다녔으면 좋겠다는 말을 전했다. 그도 매우 좋아하면서 "목사님 감사합니다. 열심히 하겠습니다"라는 말을 듣자 눈물이 핑 돌았다. 전혀 기대를 걸지 않았는데 말이다.

이 모든 것이 다 하나님의 은혜가 아니고 무엇인가? 하나님을 찬양한다. 전과자라는 낙인이 한 번 찍히면 사람들에게 손가락질은 물론이고 일자리 구하기가 하늘의 별 따기보다 힘이 드는 세상이다. 그런데 그들에게, 아니 전과자에게 일자리를 마련해 준다는 것은 그리 쉬운 일이 아니다. 그런데….

내가 교도소에 있었을 때는 전혀 있을 수 없는 일이었다. 아니, 언감생심 꿈도 꿀 수 없는 일이다. 재소자들은 열등감과 낮은 자존감 때문에 사소한 일에도 충돌하고 갈등하며 대인 관계가 어려웠다. 그들에게 가장 중요한 일은 그들의 마음을 치료하고, 그들의 마음을 다스리는 것이 더 중요하다. 그들은 이런 일(대인관계, 구직 등) 때문에 사회로 진출하는 데 너무 힘들어했다. 그런데 그들에게 일자리를 마련해 주고 그들에게 관심을 주는 일, 어느 일보다 중요한 일이 아닐 수 없다. '아! 인생은 이래서 아름답다'는 탄성이 절로 난다. 겨우 두 사람이지만 이제 내가 왜 목사가 되었고 교도소 선교를 하고 있는지를 조금이나마 알 것 같다. 괜히 교도소 생활을 한 것이 아니라 바로 이런 은혜를 느끼게 하려고 하나님께서 택하신 것 같다. 이 소명을 조금씩, 조금씩 이루어 가고 싶다.

성경에서 바울이 빌레몬에게 보낸 편지의 오네시모가 생각이
난다. 사도 바울은 빌레몬에게 과거에 빌레몬의 물건을 훔쳤을지
도 모르며 종이었던 오네시모가 거듭나 새로운 사람이 되었다는
사실을 말하면서 그를 형제로 대하라고 말한다. 이는 회개한 자에
대하여 같은 그리스도인으로서 용서와 사랑을 나타낼 것을 암시
하는 말이다. 용서와 사랑은 그리스도인들이 서로 교제하기 전에
먼저 행해야 할 필수적인 요소이다. 왜냐면 용서와 사랑이 없는 교
제는 위선적일 것일 수밖에 없기 때문이다. 또 우리가 다른 사람을
용서할 때 하나님께서도 우리를 용서한다는 것을 기억해야 한다
(마 6:12).

이후로는 종과 같지 아니하고 종에서 뛰어나 곧 사랑받는 형제로 둘 자라.
내게 특별히 그리하거든 하물며 육신과 주안에서 상관된 네게랴(빌 1:16).
구원받은 그리스도인이 지니는 두드러진 성품 중 하나는 사랑과 관용이
다. 자신의 지난 허물을 깊이 회개했는지를 향해 그리스도인이 보일 수 있
는 태도는 그를 용납하는 것이다(빌 1:17).

바울은 그리스도인이 나타내어야 덕목으로 사랑, 겸손, 복음에 대한 순수
한 열정, 담대함, 깊은 애정, 다른 사람을 생각해주는 마음이다. 참된 그리
스도인은 그 마음에 있어서도 하나님의 형상을 닮아가는 자이다(고후
3:12-18).

따라서 우리 신앙인들은 믿음과 사랑의 연륜이 더욱더 쌓여 갈수록 주를 닮아 아름다운 인격을 나타내 보이는 자가 되어야만 한다. 재소자들을 대할 때, 긍휼한 마음도 중요하지만 그보다 더 중요한 것은 재소자 한 사람, 한 사람을 우리와 똑같은 인격체로 대해야 함을 말해주는 것이다.

아직 갈 길은 멀다. 이 길을 나는 묵묵히 걸어갈 것이다. 어떤 어려움과 힘이 들더라도 나는 가야 한다. 주님이 내게 주신 소명을 위해 말이다. 오랜 시간을 투자하고 노력한 일에 결과가 보이지 않으면 아무것도 남지 않은 실패로만 느껴진다. 하지만 그 실패는 반드시 어떤 흔적을 남기기 마련이다. 그리고 그 흔적을 묵묵히 끊임없이 쫓는다면 목표에 도달할 수 있다. 이제 겨우 두 사람이 취업했지만 이러한 사람들이 성실하게 그 회사에서 자리를 잡는다면 내가 꿈꾸어 왔던 출소자 공동체도 이루어질 거라고 믿는다.

살다 보면 여러 번의 실패와 좌절을 겪는다. 하지만 그것은 실패한 것이 아니라 성공을 위한 여러 번의 흔적을 더 찾은 것이다. 나의 좌절은 다른 사람이 만드는 것이 아니다. 나의 절망은 다른 사람이 건네주는 것이 아니다. 우리 스스로 좌절과 절망을 만들지 않는다면 외부에서 달려드는 그 어떤 어려움도 우리를 굴복시킬 수 없다.

부록

문병천 전도사님께

높고 넓은 가르침 주심에 깊이 고개 숙여 감사드립니다. 사방이 막혀 있는 각박한 환경 속에서 전도사님의 따뜻한 사랑은 꺼져가는 희망의 불씨를 환하게 밝혀주는 에너지의 원천입니다. 작지만 초라하지만 우리의 마음을 이곳에 담아드립니다. 오늘은 전도사님을 선생님이라고 부르고 싶습니다.

선생님!

스승의 날을 맞이하여 그 은혜 우러러 볼수록 높아집니다. 선생님께서 나누어주신 사랑을 고이 간직하겠습니다. 그리고 더 많은 사람에게 아낌없이 나누어 주겠습니다. 선생님이 가르쳐 주신 지식 중에 가장 값진 것을 골라 보라고 주문하신다면 우리는 서슴없이 말할 수 있습니다. 그것은 따뜻한 사랑입니다.

선생님!

참되거라 바르거라 하신 가르침보다도 더 큰 배움을 얻었습니다. 그것은 나눔이고 실천이었습니다. 언제부터인가 월요일이 기다려지고, 선생님을 뵙는다는 오늘이 정말 기쁘고 즐거워지기 시작했습니다. 한 주의 시작을 선생님과 함께 사랑으로 가득 충만한 기쁨으로 열어갈 수 있는 오늘, 그 오늘이 정말 가슴 따뜻합니다.

선생님!

언제나 건강하시고, 하시는 모든 일이 하나님의 사랑 속에서 축복의 결실을 풍성하게 거두시길 기도드리고 있습니다. 가끔은 선생님의 표정이 너무 어두워서 안타까운 마음이 들 때가 있습니다. 더 밝게 웃으시는 모습으로 뵙고 싶습니다. 사랑합니다.

2007년 5월 13일
김영길 올림

전도사님께

두 번째 서신을 올립니다. 처음보다는 한결 따뜻해진 마음을 소유하고 글을 쓸 수 있기에 그동안 전도사님께 많은 축복과 은혜를 받았다는 확신을 합니다.

학사를 준비하는 사람이다 보니 월요일 수업시간에 뵙지 못하고 한 달에 한 번 있는 자매 집회 때, 뵙게 되어 아쉽기는 하지만 항상 전도사님 감사한 마음과 은혜 주시는 따뜻함을 잊지 않고 있습니다.

'과거를 잊지 마라. 성장의 발판은 과거이다'라고 말씀해 주셨는데, 그때 어찌나 가슴 속이 뜨거워지던지 그 말씀을 적어서 잘 보이는 곳에 붙여두고 항상 상기시키며 마음속에 각인하고 있습니다.

저는 종교에 대한 개념조차 정립하지 못했던 죄인이었습니다. 하지만 고시방에 올라와서 전도사님의 사역하시는 모습을 보고, 그리고 (명성교회) 자매님들께서 흘리시는 눈물을 보았습니다. 처음에는 별로 대수롭지 않게 생각했고 그저 형식적인 절차려니 생각했었습니다. 그러나 처음 뵙는 자매님들이(명성교회 교정 선교부 회원) 손을 잡고 눈물로 기도해 주실 때, 감동은 그로서 형언하기 어렵습니다.

우와! 세상에 어찌 이런 일이 다 있을까?

그 놀라움은 서서히 꽁꽁 닫혔던 제 마음의 문을 노크했습니다. 마침 이곳(안양교도소)에서 아버지학교라는 교육이 있어 입학하게 되었고, 4주간 감동과 눈물, 그리고 그 사랑의 깨달음은 저를 무릎 꿇게 했습니다.

남들 앞에서는 그 알량한 자존심 때문에 무릎을 꿇는다는 것이 죽기보다 싫었습니다. 하지만 하나님 앞에서는 자존심, 체면 따위가 문제 되지 않았습니다. 자매님들 그리고 전도사님의 '조건 없는 사랑이 바로 이런 것이구나'하고 느끼는 순간 어둡기만 했던 제 마음에는 어느새 환한 촛불이 밝혀져 있었습니다. 자신의 몸을 태워 불을 밝히는 촛불, 그 마음이 곧 전도사님과 자매님의 마음이구나 하고 생각되었습니다.

성경을 읽고 찬송을 하며 기도가 하루의 시작과 끝을 장식하는 요즘, 저의 생활은 개과천선이 따로 없구나 하는 흐뭇함이 온몸을 장식하고 있습니다.

감사합니다. 그리고 고맙습니다.

꽁꽁 닫힌 마음의 문을 열어 주시고, 제 마음속에 하나님의 나라를 우뚝 세우신 전도사님, 그리고 자매님들께 깊이 고개를 숙입니다. 그리고 기도했습니다. 전도사님과 자매님들께 받은 사랑, 은혜, 그리고 감사를 10배, 100배, 1000배로 결실을 맺어 세상에 모두 골고루 나누는 앞으로의 제 삶이 되겠다고.

하나님 앞에 무릎 꿇고 두 손 모아 기도하면서 변화되는 제 모습에 깜짝 놀랐습니다. 미움이 용서로, 증오가 이해로, 부정이 긍정으로….

주기도문을 온종일 붙들고 수백 번을 읽었습니다. 그리고 영문 주기도문을 줄줄 외우고 있는 제가 되었습니다. 순간순간 눈 감고 기도하는 제게 그 기도가 현실로 이루어지기 시작했습니다.

어느 순간 기도를 하면서 바라기만 하는 제 자신의 욕심에 부끄러움을 느끼게 되었고 그 후에는 감사와 고마움에 고개 숙이고 겸손해져야 한다는 마음이 온전히 저를 지배하기 시작했습니다.

정말 신기했습니다. 늘 부족한 것 투성이에 불만 가득했던 삶이 확~ 변해버렸습니다. 부족한 것 없이 차고 넘치는 과분한 현실을 깨우쳤습니다. 위를 바라보던 욕심의 마음은 아래를 바라보는 따뜻하고 자상함으로 넉넉해졌습니다. 일상 모두 모두 감사한 것 투성이고 은혜받은 것 천지였습니다.

하나님의 세상은 어느새 눈 깜짝할 사이에 바뀌어 있었습니다.

감사하고 또 감사합니다.

전도사님을 비롯하여 자매님들에게 하나님의 축복이 가득하시길 바라며, 더 큰 믿음 속에 하나님을 높이 높이 모시며 살아가는 형제고 싶습니다.

건강하세요.

서신 3

전도사님!

"지난번 편지에 전도사님의 표정이 무척 무거워 보입니다"라고 말씀드렸는데 그래서인지 그저께 전도사님의 표정은 정말 환하게 밝아 보였습니다.

전도사님께서 웃으시는 모습, 표정은 백만 불짜리 보다 더 값지고 멋지십니다. 또 전도사님의 웃음은 저희에게 희망이고 기쁨입니다. 더 크게 환하게 그리고 더 밝게 웃으시길 바라면서 오늘은 그만 연필을 놓을까 합니다.

끝으로 전도사님 감사합니다.

또 명성교회 자매님들께도 감사를 드립니다.

안녕히 계십시오.

2007. 6. 6
김영길 올림

추신: 이 재소자는 교도소 내에서 대입 검정고시에 합격하고 지금은 학사고시반(대학 졸업 검정자격고시)에 있는 사람입니다. 이 재소자를 위해 기도해 주십시오. 항상 하나님을 바라보면서 하나님과 동행하는 삶을 살 수 있도록 그리고 지금의 순수한 신앙으로 사회에 나와서 소금이 될 수 있도록 기도해 주시기 바랍니다. 동기 목사님들에게 재소자의 서신을 올려드립니다. 문병천 전도사

문병천 전도사님께

전도사님을 뵌 지도 어느덧 4년이 되어 갑니다. 검정고시를 공부하여 합격하고, 학사고시를 거쳐 곧 출소를 목전에 두고 나니 전도사님과 수업하며 지낸 4년이 감사함의 시간으로 다가옵니다.

내일은 "스승의 날"입니다. 공부를 혼자 하기에 많이 어려운 수학 과목을 가르쳐 주신 선생님의 노력에 너무 감사를 드립니다.

하지만, 이보다 더 의미 있게 감사할 부분은 따로 있습니다. 한때 저희와 같은 신분으로, 저희의 생활을 체험하신 경험으로 새롭게 인생을 사시는 본보기야말로 진정한 가르침이며 희망이라 생각합니다. 예전보다 요즘에 들어 이곳 친구들이 부쩍이나 가치관이 바르게 됐고 공부에 대한 목적도 얼마나 건전해졌는지 모릅니다. 이번 시험에서도 22명 전원이 합격하였고, 한 친구는 올 100점으로 전국 수석을 하게 되었습니다. 한편으로 생각하면 수년 동안의 선생님의 보이지 않게 헌신해 오신 봉사의 씨앗이라 생각합니다.

재소자의 신분이라, 스승의 날인데도 노래밖에 준비를 못 했습니다. 그리고 1년 중 오늘 하루라도 저희 가르치시는 보람을 느끼셨으면 참 좋겠습니다. 선물은 없지만 앞으로 열심히 공부해서 계속… 전원합격의 영광을 이어가겠습니다.

　그리고 어쩌면 제가 23일경에 가석방할지도 모르겠습니다. 그래서 오늘이 마지막이 될 수도 있어 이렇게 짧게나마 인사를 드립니다. 반장을 맡으며 많은 도움이 못 되어 죄송하고, 여러모로 신경 써주셔서 정말 감사를 드립니다.

　항상 건강하시고 꼭 목사고시 합격하시길 기도드리겠습니다.

　안녕히 계십시오.

2007년 5월 14일
고시반장 최성길 올림

고생 많으신 문 전도사님

안녕하세요. 전 지난 8월부터 전도사님의 수업을 소중하게 전해 듣고 있는 대입 검정고시 과정에 강기인이라고 합니다. 벌써 인사를 올려야 했는데 시험을 얼마 남기지 않은 시간이어서 이제야 이렇게 인사를 드리는 점 너그럽게 살펴 주시기 바랍니다.

지난날을 돌아보면 고작 제 명을 다한 낙엽들이 소리 없이 지고 새로이 꽃이 피었을 뿐인데. 어느덧 고입과정을 마치고 대입과정에 다다르게 되었습니다.

세상에서 손가락질을 받으며 도망치듯 들어와 숨어 지낸 1년 5개월 만에 이뤄낸 일입니다. 형을 확정받고 얼마 지나지 않아 우연히 고시반 학과생을 뽑는다는 소식을 접했습니다. 혹시 가출옥에 있어 조금이나마 도움이 될까 하는 막연한 생각에 무작정 신청을 했습니다. 당시에 제 마음은 어떻게 그냥 대충 잡지나 소설책으로 일관하다 보면 시간이야 갈 것이고 그렇게 시간이 흘러 시험장에 나가게 되면 제 힘이 아닌 제삼자의 도움으로도 손쉽게 합격 수준의 점수는 받을 수 있을 것이라 생각했기에 배움에 대한 간절함, 아니 배움의 대한 그 어떤 작은 필요성조차 제겐 전무했습니다.

그렇게 그런 안일한 생각으로 의미 없이 죽어있는 시간을 보내던 중 마침 문 전도사님의 첫 수업을 듣게 되었습니다. 처음에는 단지 외부인이 들어와 간단한 시간 때우기 식의 수업으로만 알고 있었습니다. 전도사님께서 설마 전과기록이 있으시다거나 그 험한 청송감호소까지 다녀오신 분이라곤 꿈에도 생각지 못했습니다. 그래서였을까요, 처음 접한 전도사님의 지난날들은 그 어떤 소설이나 전기보다 제 가슴을 떨리게 했습니다. 순간 끝없이 초라하고 그 어느 곳에도 쓸모없는 제 모습이 제 두 눈에 비춰졌습니다.

"이건 아니구나. 이렇게 살다간… 이렇게…" 끊임없이 제 머릿속을 두드리는 말이었습니다.

그렇게 제 자신과 끝없이 대화하기를 한동안, 선생님께선 말씀하시더군요. "이렇게 사는 건 살아 있는 것이 아니다"라고요.

그 짧은 1시간 동안 많은 것을 느끼고 깨달았습니다. 배우고 또 익히면 자신감이라는 큰 선물이 우리 앞에 놓인다는 값진 말씀도 아직 제 머릿속에 가득합니다. 아마도 "새로이 시작해 보리라, 미쳐 보리라, 미쳤다는 소리를 들어보리라~"라고 자신에게 약속했던 것이지요.

더는 이 사회의 짐이 되지 않기 위해, 더는 가여운 한 어미에게 돌이킬 수 없는 불효를 더는 범하고 싶지 않았기에 늦은 시간까지 천근만근으로 눌러대는 고개의 무게를 이겨낼 수 있었던 것 같습니다.

그런 노력이어서였을까요. 이번 고입 검정고시에서 전 과목 100점을 받게 되었습니다.

이 모든 것 아마도 지난 여름 전도사님의 소중한 말씀에서부터 시작된 것이라 생각하니 자꾸 전도사님께 고개가 숙여집니다. 또 그 바쁘신 와중에도 제가 개인적으로 부탁드린 모의고사 프린터 물도 손수 챙겨 주신 점 다시 한번 감사드립니다. 분명 그 모의고사가 큰 도움이 되었습니다.

문병천 전도사님. 전도사님의 걸어오신 지난 흔적들을 가슴으로 전해 받으면서 저 자신조차도 포기 하려 했던 어리석은 제 인생을 조금이나마 되찾고 다시금 시작의 길로 들어설 수 있었던 것 같습니다.

매주 찾아주시는 정성의 발걸음이 결코 헛되지 않도록 저와 우리 고시반 학생들 성실하게 살아가겠습니다. 언제나 감사한 마음 가슴 깊이 갖고 있지만 표현이 서투른 사내들이기에 미쳐 말씀드리지 못한 것이 있습니다. 전도사님 아니 스승님 감사합니다. 진심으로….

부디 건강하시고 앞으로 10년 아니, 20, 30년 힘이 다하시는 날까지 부족하고 힘겨운 저희에게 지금까지와 같은 그 위대한 사랑을 보내 주시길 바랍니다.

그럼 전도사님의 가정에 행복이 가득하시길 바라면서 이만 줄이겠습니다.

2007년 스승의 날
제자 강기인 올림

문병천 전도사님께

제 인생에 큰 획을 긋는 소중하고 뜻깊은 한해 가 저물고 새해
가 밝았습니다. 지난 한 해는 주님께서 저에게 감당하기조차 힘든
많은 축복을 주셔서 그저 놀라울 따름입니다.

2004년에 청주로 이송을 가 사비를 내고 2년간 전문 대학 교육
을 받고 지난 2월에 수석은 아니지만 차석으로 졸업을 하며 부모
님께 커다란 기쁨을 안겨 드렸고 운전면허증 외에는 국가 자격증
하나 없는 제가 산업기사 자격증 2개, 1급 자격증 2개, 무려 4개씩
이나 컴퓨터 관련 자격증을 취득하였습니다. 게다가 얼마 전에는
사회에선 3, 4년 공부해도 합격하기 힘들다는 학사고시를 8개월
만에 4차까지 합격하게 되어 명실상부 이젠 저도 학력란에 "4년대
졸"이라고 자신 있게 기입할 수 있게 되었습니다. 정말 놀라움의
연속이었습니다. 이 모두가 절대 저 혼자의 힘으로는 할 수가 없는
일들이었습니다.

"네게 능력 주시는 자 안에서 내가 모든 것을 할 수 있느니라"라
는 주님의 사랑이 있었기 때문에 가능했던 일이었습니다.

제가 읽었던 책 중에 이런 내용이 있습니다.

"모든 참다운 삶은 만남에서 비롯된다. 언제 어디서 누구를 만

냐느냐가 한 사람의 삶에 큰 영향을 미친다. 그 만남이란 굳이 사람에 국한되지 않는다. 자연이나 책일 수도 있고 때론 육안으로 보이지 않은 신일 수도 있다."

저는 솔직히 주님을 만나지 못했습니다. 그래서인지 신앙의 깊이에 있어 정말 부끄러운 수준에 있습니다.

하지만 주님의 종인 전도사님을 통해 더욱 자세히 말씀드리면 기쁘게 남에게 봉사하는 전도사님의 실천적인 신앙을 보며 조금씩 믿음을 키우며 주님을 간접적으로 만나고 있습니다. 얼마나 감사한 일인지 모릅니다.

지난 한 해 주님께서 저에게 주신 가장 큰 축복이 있다면 영적인 성숙함을 주신 전도사님과의 만남이 아닌가 싶습니다. 고난 중에서도 주님의 말씀을 전하시고 단 한 명의 영혼이라도 구하고자 애쓰시는 전도사님의 열정에 박수를 보내드립니다.

전도사님!

이제 죗값을 받고 사랑하는 가족의 품으로 돌아갈 날이 1년 남짓 남았습니다. 고시방에서 내려와 컴퓨터 그래픽 훈련생으로 지내고 있는 지금 한 가지 목표가 생겼습니다. 출소 후 신학대학교를 입학하고 싶어졌습니다. 이 길이 진정 제가 가야 하는 길인지 아직 기도 가운데 있지만 제 마음에 간절해졌습니다. 저도 전도사님처럼 주님의 은혜에 감사하며 보답하고자 하는 충성된 청지기의 삶을 살기를 원하니까요.

그래서 말인데 전도사님의 조언을 듣고 싶습니다.

바쁘시겠지만 답장 부탁드립니다.

새해 역시 건강하시고 항상 주님의 은총이 함께하시길 간절히
원합니다.

강휘 올림

전도사님에게

고요한 밤입니다. 시간이 영원에 맞서다가 차마 견디지 못하고 넘어져 버린 쓸쓸한 밤입니다. 시간에 사로잡혀 있는 수인에게는 이러한 밤을 통해 영원을 찾아가 보는 것도 좋을 듯 싶어 눈을 감고 귀를 닫으면 시간은 멈추어지고 사람이 이 세상을 살아가는 일이 오로지 순수하게만 생각되는 밤입니다. 비록 보잘것없는 죄인일지라도 이 영원의 문 앞에 서서 한번 옷깃을 여미어봅니다. 잠시 서렸다가 사라지는 새벽 안개와 같이 순간에 매여 허덕이는 하루하루의 생활이 내게는 너무도 힘이 듭니다. 땀을 흘리고 애를 태운 일들도 모두 순간만을 위한 것들이었고 세월과 더불어 무너지고 마는 허망한 일들뿐이었습니다.

한때는 한 가정의 책임자로, 한 아이의 아빠로, 한 여자의 지아비로서 최선을 다하는 사나이였고 순수한 삶을 살며 오손도손 아기자기 가난했지만 행복했던 추억도 간직하고 있지요. 이렇게 살던 저의 가정을 악마가 시기한 것일까 오기를 부리기 시작했습니다. 가진 것도 없고 배운 것도 없지만 오직 신뢰와 자존심 하나로 부모 없이 자란 몸 소리 듣지 않으려고 무던히도 노력했고 그 결과 우여곡절 고생 끝에 손바닥만 한 실내포장마차를 오픈하여 나름대로 남에게 아쉬운 소리 하지 않고 성냥곽만한 아파트도 하나 장만하고 늦게 본 딸아이 하나 크는 모습에 마냥 즐거웠고 새벽까지 일해도 피곤한 줄 모르고 열심히 산다고 살았는데 우리를 못살게 구는 마귀들이 툭하면 찾아와 행패를 부리고 심지어 우리 식구를 구타하고 견디다 못한 저의 자존심이 발동하여 혼내준다는 것이 그만 살인이라는 크나큰 죄를 범하고 지금 저에게 남은 건 20년이라는 중형에 묶여 이곳에서 4년째 몸을 맡기고 있습니다.

못된 고집으로 뭉쳐있는 저라는 놈에게 관심을 가지고 좋은 친구가 되어 주시는 것 매우 고맙습니다. 그러나 그것이 동정심이라면 거절하겠습니다. 저라는 사람은 아직도 얼치기 신자이지만 어떠한 종교나 믿음을 빙자해서 이곳저곳 기웃거리는 비겁한 놈은 아니라는 것이지요. 진정 하나님 안에서 저의 남은 삶을 아름답고 예쁘게 살아갈 수 있는 지혜를 주시는 친구가 되었으면 합니다. 보내 주신 글 감사합니다. 남은 시간도 주님의 평화가 함께하시길 두 손 모아 기도합니다.

청송에서 갇힌 자 드림

한 사나이의 안타까운 심정이 창살 너머로 들리는 것만 같습니다. 작은 행복을 일구려는 사람들에게 범죄는 일생을 고통의 굴레 속으로 빠트려 버립니다. 이들의 친구가 되고 위로자가 되는 것은 바로 예수님의 친구가 되는 것과 같습니다. 희망을 좇고 있는 재소자에게 그리스도인의 사랑은 바로 생수와 같습니다.

옥중 청년 민주투사와 절도범의
아름다운 동행

(국민일보 2011.07.15. 백상현 기자)

댁은 어떤 일로 여기까지 오셨소?

독재권력에 항거하다가요. 문 형은요?

난 강도짓 하다 왔수다.

문 형, 우리가 한세상 살아가는 데 올바른 생각을 갖고 달리 살아보는

건 어떻습니까?

1978년 목포교도소 독방. 청년 장영달은 한국기독학생총연맹 기획부장으로 74년 민청학련 사건에 연루돼 7년 형을 선고받고 복역 중이었다. 그와 동년배인 문병천은 72년부터 감방을 들락날락했던 문제수였다. 교도소 내 불평등한 처우에 항의하며 자해와 단식, 난동을 부리기 일쑤였다. 장영달은 철창 너머로 문 씨에게 본회퍼·몰트만·함석헌의 책을 건넸다.

81년 출소한 장 씨는 민주화운동청년연합 부의장과 민주통일민중운동연합 총무국장 등을 거쳐 88년 평민당 총선대책본부 기획조정실장이 됐다. 그리고 전화 한 통을 받는다.

"장영달 씨 맞습니까?"

"예, 그렇습니다만."

"목포교도소의 문병천입니다."

"아, 문 형! 어쩐 일이요?"

"저 감방에 있다가 서울대 시험 보러 나왔습니다."

"예? 아직도 교도소에 계세요? 서울대는 또 무슨 얘깁니까."

문 씨는 신앙을 갖고 83년부터 검정고시를 준비했다. 하루 3~4시간만 잠을 자면서 공부에 매달렸다. 당시 학력고사 성적으로 279점이 나왔지만 서울대 사회복지학과에 낙방했다. 문 씨는 90년 출소했다. 그리고 91년 41세의 나이에 연세대 신학과에 당당히 합격했다.

장 씨도 92년 민주당 소속으로 제14대 국회의원(전주 완산)에 당선됐다. 그는 매달 문 씨의 학비와 생활비를 지원했다. 전과 6범의 죄수에서 신학생이 된 문 씨는 결혼도 하고 안양, 영등포, 여주, 청송, 전주교도소 등의 자신과 같은 과거를 겪고 있는 재소자들에게 복음을 전하는 전도사가 됐다.

이후 두 사람은 비슷하게 인생의 상승곡선을 그렸다. 96년 장 씨는 새정치국민회의 재선의원이 됐고, 문 씨는 장로회신학대학교에 합격했다. 이후 장 씨는 당시 열린우리당 의원으로 16, 17대 국회의원이 돼 4선 고지에 올랐고, 문 씨는 대한예수교장로회 통합 전주노회에서 목사안수를 받았다.

두 사람은 또다시 같은 곳에 있게 됐다. 이번에는 독방이 아닌 교회 사택이다. "생각지도 않았는데 지난 4월 민청학련 사건이 무죄로 판결나고 형사보상금 3억 원이 나왔어요. 어디 뜻깊은 곳에 쓸까 고민하다 문 목사님의 교회당을 마련해 드려야겠다고 생각했어요." 그렇게 마련된 곳이 전북 완주군 해월리의 늦봄교회(가칭)다. 144평의 대지에 선 57평짜리 아담한 교회의 창립을 위해 두 사람은 주말마다 만나고 있다.

60대의 장 씨와 문 씨는 또다시 도전했다. 한 사람은 내년 경남 의령·함안·합천 국회의원 출마로, 또 다른 사람은 교정 공동체 담임목사로….

"늦게 온 봄, 늦봄이란 말처럼 나이 예순을 넘어 늦게 희망의 봄을 만들어보자는 의미에서 의기투합했어요." "출소 후 새롭게 인생을 살고 싶은데 갈 곳 없는 사람들, 특히 소년수 출신들이 이곳에서 예수님 때문에 희망을 얻었으면 좋겠습니다. 기적 같은 우리 두 사람의 삶처럼요."

교회 창립예배는 9월 2일이다.

요셉, 꿈을 꾸다

2020년 2월 17일 초판 1쇄 인쇄
2020년 2월 24일 초판 1쇄 발행

지은이 | 문병천
펴낸이 | 김영호
펴낸곳 | 도서출판 동연
등 록 | 제1-1383호(1992. 6. 12)
주 소 | 서울시 마포구 월드컵로 163-3
전 화 | (02)335-2630
전 송 | (02)335-2640
이메일 | yh4321@gmail.com
블로그 | https://blog.naver.com/dong-yeon-press

ISBN 978-89-6447-552-2 03800